平安あかしあやかし陰陽師

怪鳥放たれしは京の都

遠藤 遼

富士見L文庫

目次

光栄《こうえい》の占いは掌《たなごころ》を指《さ》す如し。神と謂《い》うべし。

（陰陽師《おんみようじ》・賀茂光栄《かものみつよし》の占いは自分の手のひらにあるものを指すように言い当てる。神というべきすばらしさだ）

――藤原行成《ふじわらのゆきなり》『権記《ごんき》』

陰陽師《おんみょうじ》として有名な安倍晴明《あべのせいめい》の活躍が、本当は壮年期以降であることは現代ではあまり知られていない。同様に、彼の本当の師であった人物も、兄弟子の立場とされて歴史の闇に静かに包まれている。

その人物の名は、賀茂光栄《かものみつよし》。

安倍晴明より十八歳年下ながら、その法力は同時代に抜きん出ていた賀茂家の麒麟児《きりんじ》。陰陽寮《おんみょうりょう》の長・陰陽頭《おんみょうのかみ》より名誉ある天皇直属の蔵人所《くろうどころ》陰陽師にして、貴族たちからも信任厚い陰陽道上臈《じょうろう》と呼ばれる上級陰陽師とされた。名を秘して陰陽師の使命に徹した故にその言行や人柄を偲《しの》ばせる資料は少ない。しかし、光栄に接した貴族たちはその圧倒的な力を前に、まるで神の如き力だと畏怖《いふ》の念を込めて日記に記している。

これは、そんな賀茂光栄の逸話の物語である。

序

都が長岡《ながおか》から平安《へいあん》の地に移されて百六十年以上が経つ。

その日、宇治《うじ》のあたりはぬるい風が吹き、大粒の雨が降っていた。

しきりと稲光が炸裂《さくれつ》し、雷の音が轟《とどろ》く。

宇治の別宅に泊まっていた高階経平《たかしなのつねひら》は部屋の中で耳を押さえて伏していた。雷が苦手なのだ。この時代の主流・藤原《ふじわら》家の出身ではないため名前は残っていないが、官位は従五位下、立派な貴族である。今年、四十の賀を済ませた。

この宇治の別邸には、暦が凶と出たために、その凶事を避けるための物忌みとして籠《こ》もっている。

明日で物忌みが明け、都に戻れるというのにこの雷雨である。

雨の降り始めこそ、女房どもに物語などをさせる余裕があったが、彼方《かなた》の空からどろどろと雷の音がしてくるともういけなかった。だんだん気もそぞろになってきて、しまいには御簾《みす》の向こうでただただ耳を押さえて稲妻の光と音に耐えていた。

大きめの丸紋を散らした樺桜《かばざくら》の狩衣《かりぎぬ》がしわになるのも気に留めない。

貴族たちが多く、華やかな王城とはまるで違う寂しい宇治の山中である。ごうごうと風が鳴り、時折、御簾が吹き上げられた。武士どもや女房どもの慌てる声がしている。

「くわばら、くわばら」

経平が唱えているのは、最近流行《はや》りの雷除《よ》けのまじない言葉である。

雷はもともと「神鳴り」、つまりは八百万《やおよろず》の神々の為《な》せる業とされていた。

だが昨今では、いまは亡き菅原道真《すがわらのみちざね》の怨霊《おんりょう》が雷神となり、いたるところに雷を落としては自らを貶《おとし》めた藤原一門への恨みを晴らさんとしているのだと言われている。その証拠に菅原道真の所領であった「桑原《くわばら》」だけは落雷の被害に遭っていないではないか。そのため、雷除けとして「桑原、桑原」と唱えるのである。菅原道真の死後、五十年以上経つが、そのような話は消えゆくどころかますます強くなっていた。

経平の日頃の信心が足りなかったのか。それとも四十の賀を済ませながら藤原家の若い姫を欲したことで藤原一門の末席と見なされて菅原道真の怨霊に睨《にら》まれたのか。雷は一向に去る気配がない。

雨で水かさの増した宇治川の音も激しい。

「おまえたちも唱えよ。――くわばら、くわばら」

経平が、襲《かさね》を被《かぶ》って自分と同じく震えている女房たちをせかしたときだった。

視界を白く焼き尽くすような閃光《せんこう》と全身に響く強大な雷鳴がした。

「あなや」と叫ぶ声も轟音《ごうおん》にかき消され、思わず檜扇《ひおうぎ》を放り投げてしまう。

魂と身体をつなぐ玉の緒がちぎれそうな程の衝撃だった。経平は飛び起きて、我が身が生きていることを確かめた。生きている。落ちた烏帽子《えぼし》を慌てて被り直した。先ほどの落雷で破れたのか、御簾が真ん中で上下に裂けて、外の雨風が吹き込んでいる。

他の者たちはみな倒れて気を失っているようだ。

このまま誰かが起きるまで自分も気を失ったフリをしていようかと思ったが、ふと庭から妙な匂いがした。幸い、先ほどまでの雷鳴はほとんど聞こえなくなっている。

ひどく焦げたような異臭が鼻をついた。

経平が庇《ひさし》の間から庭の様子を見ようとにじり出る。

そこで見たものは――

「なんと――」

庭には宇治の木々をいくつも残している。この別宅を建てたときに伐採するのが忍びなく、敷地に生かしてあったものだ。

そのうちの一本の巨木が燃えている。

しかし、その木が尋常な有り様ではなかった。

葉も木の形もそのままなのに木の皮がひび割れている。まるで巨大な魔物が引っ掻《か》いたようで、それだけで経平は卒倒してしまいそうになった。

だが、それはまだ恐怖のごく一部。本当の恐怖はその燃え方だった。

炎が木を包むように焼くのではなく、木の皮の割れ目を這《は》うように真っ赤な炎が覗《のぞ》いている。炎が木の表面を這っているのかと思ったが、違っていた。炎は木の内側で燃えている。その炎が木の皮の割れ目に沿って露出していた。まるで木の幹をちろちろと火焔《かえん》の舌が無数に舐《な》め回しているようにも見える。

誰かが火をつけたのだろうか。見回しても誰もいない。

しかし、どのようにすればこのような世にも恐ろしい火のつけ方ができようか。家来たちの誰ひとりそのような真似はできまい。

人外の仕業なのか――。

その恐ろしさに、経平は腰を抜かして必死に人を呼ぼうとする。

しかし、口の中が乾いてしまい、声が出ない。

腰に太刀を佩《は》いていたが、とても太刀を抜いて抗《あらが》う気にもなれぬ。

再び雷鳴がした。経平は「ひぃっ」と笛のような悲鳴を上げた。

ごうと大風が吹き、木が揺れた。焦げ臭い匂いが強く経平の顔をなぶる。無数の火焔の舌が巨木から精気を奪い去り、闇色の木に変えていこうとしていた。その姿はこの世の植物が魔物の姿に変わっていくようだ。

これは尋常の炎ではない。地獄の炎に違いない――。

「あ、あ……。地獄じゃ、物の怪《け》の仕業じゃ――」

やっとの事で声が出た。歯の根がかみ合わないほど震えが止まらない。それなのに、全身が水を浴びたように汗まみれだった。

僧が説く地獄の世界そのものを前にどうしたらよいのか。あの木の内側は地獄の世界に繋《つな》がっているに違いない。いや、あの巨木自体が、まるで火の縄で縛り付けられた悪鬼羅《ら》刹《せつ》のようではないか。

「誰《たれ》ぞ、誰ぞある。――陰陽師を、腕のいい陰陽師を呼ぶのじゃ」

経平の悲鳴を嘲《あざわら》笑うように巨木は燃え続けた。

雨で水かさを増した宇治川の激しい水音が轟々《ごうごう》と響いている。


「……そのようなことがあったのじゃ。ああ、思い出すだけで震えが」

そう言って話し終えた高階経平は言葉通り、恰幅《かっぷく》のいい身体を震わせた。額からは脂汗を流している。よほど怖かったのだろう。その怪異の出来事のあと、物忌みが明けるまで近くの僧に寝ずの読経をさせたという。

そして物忌みが明けるや早々に都に戻り、陰陽寮《おんみようりよう》に人を走らせたのだ。

「それは大変なことでございました」

経平の話をじっと聞いていた若者はそう言って経平の心を慰めた。

まだ若い。経平の半分くらいの年齢に見える。おそらく二十歳《はたち》を過ぎたばかりか。小ぶりの丸紋も上品な濃い藤の狩衣を纏《まと》っている。若さを感じさせつつも深みのある薫香が焚《た》きしめられていて、この若者の人柄と趣味の奥深さが垣間《かいま》見えた。

その落ち着いた物腰は経平と比べるべくもない。

色白で、きめの細かい肌をしていた。額の線はすっきりしている。完璧《かんぺき》な形の鼻梁《びりょう》で、唇は薄く、頬はうっすらと桃色。いかなる名人の筆をもってしても絵に描くことができないほどの造形だ。しかし、その白皙《はくせき》の美貌《びぼう》には冷たさはない。むしろ奥ゆかしい姫のような汚れのない微笑みを浮かべている。

中でも印象的なのはその瞳《ひとみ》だ。

切れ長の目は長いまつげに覆われている。まるで高貴な女性《にょしょう》のようでもあり、人間離れした美しさだった。生き生きと輝いていながら、どこか侵しがたい気品がある。

瞳がまるで仏眼のように深く光って見える。

「いかがであろうか、陰陽師・賀茂光栄《かものみつよし》どの。陰陽頭《おんみようのかみ》である賀茂保憲《やすのり》どのの世嗣《せいし》であるおぬしにはいかなる物の怪の仕業であるとご覧になるか。これまで何人かの陰陽師に相談したのじゃが、まるで分からぬと申す。どうじゃろうか」

その若者、賀茂光栄は檜扇で口元を隠しながら、独特の光り方をする瞳で経平の目をしばらく見つめた。さらに視線を泳がせて経平の頭の上の辺りをぼんやりと眺める。まるで物思いに耽《ふけ》る乙女のようだった。

対する経平の息が荒い。檜扇を忙しく閉じたり開いたりしていた。早く答えを知って楽になりたい気持ちと、恐ろしさとで心が乱れているのだろう。

光栄の美麗な瞳が再び経平の顔に戻ってきた。

「ど、どうじゃ」

経平の問いに光栄は怜悧《れいり》な顔を小さくかしげると、尋ねた。

「お話は以上でございますか」

何度も大きく頷《うなず》いた経平は、物静かに座す光栄へ大仰にため息をつく。

「やはり分からぬか。懇意にしている陰陽師はもちろん、他の陰陽師たちもみな当てずっぽうなことを言って物忌みを勧めるくらいが関の山。分からずじまいじゃった」

それでさらに陰陽寮に催促して送り込んでもらったのが光栄なのである。だが、その光栄は姫の如き美貌は目を見張るものがあるが、ただの若者でしかないようだ。

「そうでしたか」と光栄が頷いている。

経平がまたため息をつき、足を揺すった。

「まったく。いくら陰陽頭の嫡男とはいえ、おぬしのような若僧に貴族の相手をさせるとは陰陽寮は何を考えているのじゃ。最初に会ったときには神がかったような美貌に驚かされたが見かけ倒しとはこのこと。もし人材不足をかこち、人を増やしてくれと言いたいのなら、わしではなく藤原家の公達に言ってくれよ。その中でも左大臣実頼《さねより》と右大臣師輔《もろすけ》の兄弟に訴えるべきじゃぞ」

経平の言葉をさりげなく無視して、光栄はその秀麗な顔で問い返した。

「もう一度確認しますが、お話しになっていないことはございませんね？」

光栄の問いかけに経平は檜扇で脇息《きょうそく》を叩《たた》く。

「以上じゃ。そしておぬしも何も分からないのじゃろ？　おぬしの役目も以上じゃ」

いまにも座を立ちそうな経平を、光栄が止めた。

「『分からない』とは一言も申しておりません」と光栄が瞳に力を込めて経平を見据える。

「何と――？」

「私には分かりました」

光栄は音を立てて檜扇を閉じ、水晶のように瞳をきらめかせた。

経平が身を乗り出してくる。

「ま、まことか」

「先ほどのお話の通りとなると、随分と妙な出来事だとご心配でしょう」

「おう、そうじゃ。妙なことじゃ。だから、陰陽師を呼んでいるのじゃ」

「だから陰陽師がこうして参っているのです。少し整理してみましょう」

光栄が微笑んだ。尊い観音菩薩《ぼさつ》の笑みもかくばかりで、男とは思えぬ。経平は見とれた。

「う、うむ」と、浮かしかけた腰を下ろした。「わしが見たことはぜんぶ話したぞ」

つと光栄は目線を外し、室内をゆっくりと見回すようにした。

「先ほどのお話ですと、宇治の別邸の巨木が恐ろしい燃え方をした、と言うことですね」

「そうじゃ。見たことがない恐るべき燃え方だった」

「そのときに周りには誰もいなかった」

「うむ。しかし、仮にいたとしても、あんな恐ろしい火の付け方は人間業とは思えない」

「さて、どうでしょうか……」

光栄が静かに答えると、経平の方が声を荒らげた。

「わしが嘘をついているとでも申すか」

それには直接答えず、光栄はよく通る声で語り始めた。

「物事には何事も原因があります。原因結果の因果の理法は何ものにもくらますことはできません。種が播《ま》かれて水をやり、果実が実り、その報いがあるように」

光栄が白い手で庭を指す。もちろんここには、火焔になぶられたあの巨木はない。

「じゃから、物の怪の仕業ではないのか」

「他の陰陽師たちはそれについて分からないと答えたわけですね」

「そうじゃ。のう、光栄どの、分かっておるなら早く教えてくれ」

　光栄は軽く息をつき両手を軽く広げて続けた。

「普通、木に火を放てばどうなりますか」

「もちろん燃えるじゃろう。しかし、宇治の巨木の燃え方はそれとは違っておった」

　何度も同じ話を繰り返させられた侮蔑《ぶべつ》の念が、経平の言葉に混じっている。せっかく答えをもらえると思っていた経平が焦《じ》らされてまた足を揺すった。

「では、濡《ぬ》れたものに火を放ったときにはどうなりますか」

「濡れておったら燃えないじゃろう」

　経平が胡乱《うろん》げな目を向けてくるのも構わず、光栄は説明した。

「先ほどのお話、雨がずいぶん降っていたと」

「そうじゃ」

「そして近くに雷が落ちた」

「そうじゃと言っておろう。いま話した通りじゃ」

「山に雷が落ちた場合、どうなりますか」

「それは、山火事になったりすると聞く」

「そうですね。ところがさっきの話では近くに雷が落ちたにもかかわらず、御邸宅の周辺でそのようなことはなかった」

「たしかにそうじゃ。しかし、それとこれとどう関係があるのじゃ」

光栄の話を、経平が不思議そうな顔で聞いていた。

「先ほど経平さまは、お話は以上だとおっしゃいました」

「うむ」

「では、その落ちた雷の力はどこへ消えたのでしょうか」

「雷の力……」

「雷はその巨木に落ちたのです。だから、とてつもない光と音がした」

「何と――しかし、あの巨木は、山火事の木のような燃え方はしていないぞ」

「そこが今回の件を入り組ませています」

「どういう意味じゃ」

首をひねるばかりの経平に、光栄は花がほころぶような笑みで答えを明かした。

「火をつければ木は燃える。しかし、濡れたものには火がつかない。――そのふたつが同時に起こったのです」

「どういうことなのじゃ」

光栄はふと肩の力を抜いて問いかけた。

「経平さま、厨《くりや》へはお入りになったことはございますか」

貴族の邸宅で、厨とは台所であり、庖丁《ほうちょう》と呼ばれる料理担当が飯を作るのが普通だ。

「いや、わしは立ち入ったことはない」

「早速ですが、庖丁に命じていまから言うものを作らせてください」

しばらくして、二つの皿が来た。

一つ目はかろうじて魚と分かる黒焦げのもの。二つ目は何かの葉で包まれたもの。

「これは何じゃ」

焦げ臭さに檜扇《ひおうぎ》で鼻を隠しながら、経平が怪訝《けげん》な顔で尋ねる。

「一つ目は魚を紙で包んで焼いたものです。ご覧の通り、紙ごと焼けて黒焦げ。これを木に普通に火を放った場合だと思ってください」

「ほう」

「二つ目は魚を朴葉《ほおば》という葉で包んで焼いたものです。かつて帝が南都・平城京《へいじょう》にいらっしゃった頃は、野外の食事には飯を朴葉に包みました。この葉は水分が多く、なかなか燃えません。朴葉で包んで火にくべて蒸し焼きにすると香りが移り、旨味《うまみ》が増します」

「ほう。こちらは葉もほとんど焼けてないのじゃな」と経平が覗《のぞ》き込んだ。

朴葉を開いてみる。中には川魚があった。ふっくらと蒸し焼きにされている。

「濡れていて火がつかなかった木だと思ってください」

「なるほど」

「そして三つ目です」と、光栄が促すと、もう一皿やって来た。

今度も二皿目と同じ朴葉包みである。しかし、朴葉の所々に切れ目が入れられている。

「これは……開いてみると中の魚が、焼け焦げておるな。食べられそうにない」

「はい。葉に切れ目を入れたために中に火が入り、内側の魚が燃えたのです」

「なるほど」

「さて経平さま、この朴葉を雨で濡れた木の皮、中の魚を木の内側だと思ってください」

「なんじゃと？」と経平が目を丸くする。

「普通は火がつけば木の皮から中まで丸焼けになるか、木の皮が十分に雨で濡れていて火はつきません。一皿目と二皿目で見た通りです」と、光栄が檜扇で指し示した。

「う、うむ……」

経平の目をじっと見ながら、光栄は説明する。

「ところが、火が内部に直に触れれば中の魚が燃え出します。今回の雷も同じです。濡れていた木の表面は燃えず、雷の力は木の内側を燃やし始めたのです」

またしても経平が目と口を丸くした。

「……そんなことがあるのか」

「かなり珍しい出来事なので滅多に起きません。しかし、今回、現実に起きました」

「では、物の怪《け》の仕業では――」

光栄は軽く礼をしながら結論を口にする。

「私が視ますに、その燃える巨木は――」

経平が「うむ、うむ」と息を飲んでにじり寄る。

「物の怪は関与していません。天然自然の出来事であると思われます」

光栄の答えに経平が目と口を丸くした。ややあって経平が大きな声を上げげた。

「な、なんじゃと。たしかにこれまでの陰陽師たちは、いかなるものか分かりかねるとは答えたが、関与はないなどとは申さなんだ。光栄どの、おぬしは――」

意外すぎる事の真相に経平が目を白黒させている。光栄は涼しげな顔のままだ。

「しかし、これが真相です。他の陰陽師たちが分からないのは無理もありません。これは特殊な状況下でのみ起こりうる出来事だからです」

「まことか」

「はい。雷が落ちて木が燃えた。少しだけ奇妙な燃え方をしたというだけです」

「では、その雷が菅原道真公の怨霊《おんりょう》の祟《たた》りの雷じゃったということは――」

「それもないでしょう。恐れながら経平さまは藤原姓ではございません。藤原家から姫を迎えることでその血縁になられるかもしれませんが、藤原姓の貴族は他にたくさんいます。そちらを先に狙うのが筋でしょう」

光栄が柔らかい微笑みを浮かべた。その姿は慈愛に満ちた女神のように見える。

経平は光栄の言葉をじっくり嚙《か》みしめていた。理解が行き届いたのか、顔を輝かせる。

「そうであったか。ほほほ。そうか、そうであったのか。いや、さすが光栄どの」

「これが陰陽師というものです」

まるで天女もかくやとばかりの美しい笑顔で光栄が一礼した。色白の肌がきめ細かく、玉のようにつややかで、経平も思わず陶然とするほどだ。

「これが、陰陽師……。いや、おぬしは他の連中とはまるで――」

経平は、典雅に礼をする光栄の姿に見入っていた。

「それでは本日はこれにて」と座を下がろうとした光栄を経平が呼び止めた。

「光栄どの、光栄どの」

先ほどまでとは打って変わった喜々とした声。経平がいつの間にか光栄のほっそりした白い手を握りしめている。

「はい」

「光栄どのが通われている女性は何人くらいいらっしゃいますか」

恰幅《かっぷく》のいい経平が笑いながらそのように尋ねてくると、光栄は我知らず戦慄《せんりつ》した。

「いや、私は――」

無駄のない雅《みやび》な立ち居振る舞いに終始していた光栄が、明らかに狼狽《ろうばい》する。

「実は当家にも頃合いの娘がいまして。親の私が言うのもおこがましいかもしれませぬが、歌もよくできますし、髪も長くつややかで――」

不穏な空気を放ち始めた経平の面前を、光栄はまったく無視するように辞するのだった。

経平から逃れて外へ出てくると、門の前には乗ってきた馬と馬番をしている水干姿の童《わらわ》がいた。退屈なのか、みずらに結った髪を揺らしながら地面に小石で絵を描いている。光栄に気づいた馬が小さく嘶《いなな》いた。

「あ、おかえりなさいませ、光栄さま」

童が光栄を見つけて、にぱっと笑顔になった。

今回の一件は物の怪などの仕業ではなかったが、それはあやしのものが存在しないことではない。人間たちとあやしのものたちの間にいるのが陰陽師である。光栄も例外ではない。すぐそばにいるかわいらしい童も、すでにこの世ならざるものであった。

立ち上がった拍子に、童の半尻《はんじり》の裾《すそ》から何かふわふわなものがまろび出る。木の葉形のふさふさとした狐の尻尾《しっぽ》のようなものだった。

光栄が苦笑しながら教える。

「小狐《こぎつね》、尻尾が出ているぞ」

「わわっ」

小狐と呼ばれた童がおしりに手を当てて、そそくさと狐の尻尾を装束に隠した。

見た目こそ人間の童に似ているが、狐の尻尾という通り、尋常の童ではない。光栄が陰陽師の力を駆使して練り上げ、使役している式神であった。

式神とは陰陽師の手足となって働く神霊の一種である。

「狐耳はちゃんと隠せているな。さすが私の式神。偉い偉い」

小狐が、またしてもにぱっとうれしそうな顔をした。たれ眉《まゆ》の優しげな顔つきの童だ。

式神の童は光栄の乗る馬の手綱を引きながら、のんびり歩いている。

うららかな日射しを受けて光栄が馬上で遠くを見やった。

「お偉いさんの相手は疲れるものだ」

言葉とは裏腹に、光栄の端整な顔には疲れの色は微塵《みじん》もない。

しかし、小狐は腰の巾着《きんちゃく》から唐菓子を取り出して、主人に差し出した。唐菓子とは、米粉や小麦粉に甘葛《あまずら》の汁を加えてこねて油で揚げた物で、光栄の好物である。

「お疲れさまでした。何かありましたか」

「ありがとう。仕事のあとの甘いものは格別だ。――私に嫁を取らぬかと誘ってきたよ」

菓子を食べているにもかかわらず、苦虫を口いっぱいに詰めたようにして光栄が言うと、小狐が無邪気に大笑いした。

「あはは。それは災難でしたね。婿に誘われたのは今年に入ってこれで五件目ですか」

「まったく貴族というものは、なぜああもすぐに結婚姻戚《いんせき》関係を結びたがるのか。第一、当の姫君の気持ちだってあろうに」

生真面目な光栄に、たれ眉の小狐が微笑みながら何度も頷《うなず》く。目の前を白い蝶《ちょう》がふわりふわりと飛んでいった。

「貴族の方々には腕のいい陰陽師は喉《のど》から手が出るほど欲しいでしょうから」

「だから私は表だって権力に近づきたくはないんだ。そういうのは私の年上の弟子に任せておけばいいのだよ。出世が遅れているのが玉に瑕《きず》だが、あやつはいいぞ」

「次からはその弟子、安倍晴明《あべのせいめい》どのにお任せしませんか」

小狐の言葉に小さく頷き、光栄は整った顎《あご》に手を当て思案していた。

――賀茂光栄。平安の闇から人々を守る陰陽師たちのなかで、当代最高峰の力を持つ存在。そしてこれは誰にも秘密だが、あの安倍晴明より十八歳年下でありながら、彼を指導する師でもある。

誰にも秘密と言うことは、平安の都のほぼ誰しもが知っていると言うことだった。

第一章☆肝試し後始末

「嫌な役目だなあ」

藤原為頼《ふじわらのためより》の独り言は通りのざわめきにかき消された。

都の春はうららかである。

暖かな陽気に人々の顔つきも明るい。都の朱雀大路《すざくおおじ》には上達部《かんだちめ》から雑色までさまざまな人が行き交っている。牛車《ぎっしゃ》も多い。牛車の御簾《みす》の下から色鮮やかに重ねられた衣の裾が出衣《いだしぎぬ》で覗き、周囲の者たちが乗っている姫の美しさをあれこれ想像している。衣を被《かず》った被《かず》衣《き》姿の女たちも多く、さらに物売りの声も響いて賑《にぎ》やかだった。

その喧噪《けんそう》が一際大きく感じるのは、後世、葵祭《あおいまつり》と呼ばれる賀茂《かも》神社の祭礼が近いからだ。祭りの最大の見所は内裏から賀茂神社への勅使の行列である。美々しく着飾った行列をひと目見ようと、老若男女、貴賤を問わず、道に押し寄せる。中でも貴族たちはよい場所で見物しようと、前日になれば場所取りに余念がない。

この時代、単に祭りと言えば賀茂神社の祭礼を指すほど、馴染《なじ》み深く楽しみな祭りだ。太宰府《だざいふ》に赴任していた為頼にとっては、実に数年ぶりの祭りだった。

ところが、そんな心浮き立つ周囲にひとり取り残されるように、為頼はとぼとぼと歩いている。

着ているものは、丁寧に紋をあしらった藤色の狩衣。ずば抜けて上物ではないが、清げだった。育ちの良さそうな顔立ちがいかにも貴族らしい。人を疑わない、根の明るそうな若者である。年は二十歳《はたち》を少し過ぎたくらい。姿勢はよく、整った顎の形をしていて、鼻筋は通っていた。学問を好む者特有の聡明《そうめい》ないい目をしている。

為頼は、手に小さな包みを持っていた。

彼が向かっていたのは、陰陽寮《おんみょうりょう》の長である陰陽頭《おんみょうのかみ》・賀茂保憲《かものやすのり》の邸宅、ではなく、その横にある賀茂家の嫡男である賀茂光栄《みつよし》の邸《やしき》であった。

彼についての噂は多い。

曰《いわ》く、ひどい醜男《ぶおとこ》である、偏屈、ぼろぼろの衣を纏《まと》っている乞食《こつじき》姿の男。ある者は歳を取った翁《おきな》姿だと言い、別の者は童姿だと噂する。そんな陰陽師は存在しないとまで言われていた。最もあり得ないと笑われるような噂が、姫君はおろか賀茂神社の祭礼の斎王よりも美しい絶世の美貌《びぼう》であるというものだ。

いくつかの噂は明らかに嘘であると言い切れるが、一笑に付す訳にはいかない噂も紛れていることを為頼は知っていた。

ひょっとしたらいくつかの噂自体、光栄が流布しているのかも知れない。

なぜそのようなことをするかといえば、光栄の正体を隠すためだろう。

為頼は光栄と幼なじみである。小さい頃は一緒に走り回って遊び、文机《ふづくえ》を並べて漢文の素読をした仲だ。明るく快活な心の持ち主であり、まるで宝玉のような美しさは隠しようがなかった。姫に見違えるほどに中性的できれいな顔をしていたのを覚えている。

光栄は陰陽師としての才を認められてからは、己の存在を消すようにしていたようだが、その秀麗な面立ちが目立つ。隠しようがない美貌なら、噂話で煙《けむ》に巻くしかないのだろう。

しかし、いくら噂話で姿を隠そうとも、生来の情の深さは色あせない。

数年前、為頼が太宰府へ赴任するときには、別れを惜しんだ光栄がわざわざ明石《あかし》辺りまで見送りに来てくれたりもした。

ちょうど先日、太宰府から戻り、土産を送って挨拶《あいさつ》をしようと思ってはいたが……。

「変なお使いみたいで、足が重いなあ……」

そんな為頼の気持ちを知ってか知らずか、光栄の邸からは賑やかな声が聞こえてくる。

「光栄兄ちゃん、こっちこっち」

「おう。逃がさないぞー」

「小狐《こぎつね》、高い高いして」

「わわっ。順番だよ、順番」

童や女童《めのわらわ》たちのはしゃぎ回る声だ。為頼は思わずその場に立ち尽くしてしまった。

為頼の知る限り、光栄にはそんなふうに遊んでやる年の差のきょうだいもいなければ、光栄自身に童がいたりするようなこともない。自分が太宰府へ行っている間に妻《めと》を娶って子でも成したか。それにしては、数が多すぎる気がする……。

「光栄兄ちゃん、足遅ーい」

「あー、負けだ負けだ。走るの速いなあ」

負けを認めている声が光栄だろう、と為頼は推測した。久しぶりに聞く友の声だったが、相変わらず高貴な女性《にょしょう》のようだ。懐かしさを覚えたが、どたばたする音が止む気配はない。

しばらく邸の外で様子を窺《うかが》っていたが、一応、今日の訪問は事前に連絡してあったことを思い出し、為頼は門を叩《たた》いた。しかし、予想通りと言うべきか、聞こえていない。為頼はもう一度、今度はかなり力を入れて門を叩いた。

「はーい、少し待ってください」

童の声が答える。周りで不満げな童たちの声と、それをなだめる声がした。

ややあって、髪と水干をいたく乱れさせた童が笑顔で出てきた。

「お待たせしました。藤原為頼さまですね」

眉が垂れたかわいらしい顔の童が手を打った。いま思いだしたのだろうか。そのくせ為頼が名乗る前に名前を言って出迎えてくれている。

「あ、ああ。賀茂光栄どのはおいでか」

「はい。為頼さまがお見えになったらお通しするように仰せつかっています。申し遅れました。光栄さまにお仕えしている式の小狐と申します」

「シキ……」

聞き慣れない為頼が怪訝《けげん》な顔になった。

服を直しながら小狐が為頼を敷地内に招き入れる。

檜皮葺《ひわだぶき》の立派な邸だ。外から見る雰囲気では、賀茂家本邸よりは狭いが、ごく普通の貴族と比べれば明らかに広い。趣のある池があり、釣殿がある。太宰府に旅立つ以前、光栄は賀茂家本邸に住んでいたから、新しく建てたようだ。

廊下を歩いていると中庭で童たちが遊んでいるのが見えた。

その中にひとり、大人が交じっている。丁寧な作りの藤色の狩衣《かりぎぬ》の袖《そで》を絞り、童たちと本気で駆け回っていた。怜悧《れいり》な顔立ちは花のようにあでやかな笑顔に彩られている。抜けるような色白の頬が、ほんのり桃色に色づいていた。目元はあくまで涼やかで、童たちを慈しんでいる。その人物こそ、この邸のあるじ、賀茂光栄だった。

為頼は立ち止まって中庭で走り回っている光栄に声をかけた。

「光栄」

「おお、為頼。太宰府から戻ったと聞いていた。久しいな。元気そうで何より。……おい、小狐。童たちの手足や顔を洗う水を。それから為頼と私には飲むものを」

小狐が童たちを案内し、自由になった光栄が童たちに笑顔で手を振る。土埃《つちぼこり》にまみれた狩衣をはたき、烏帽子《えぼし》を直しながら光栄は廊下に上がった。

「わざわざ来てくれてありがとう。さあ、こっちだ」

「あ、ああ――」

光栄が小狐に代わって為頼を案内する。

その笑顔は遥《はる》か昔の友の面影そのもので、為頼は感傷的な気持ちになった。

「どうした、不思議そうな顔をして」

為頼が何か言おうとしたとき、再び童たちの歓声がした。どうやら井戸水で手足を洗っているようだった。その歓声に満足げな顔をしている光栄が廊下を歩き始めたので、為頼は慌ててあとを追った。


「為頼、久しぶりに会ったというのに随分と複雑な顔をしているな」

庇《ひさし》の間で、光栄は面白そうに為頼を覗《のぞ》き込んだ。深い光を宿した瞳《ひとみ》に見つめられ、為頼が怯《ひる》む。光栄はなめらかな頬に御仏《みほとけ》のような笑みを浮かべながら、濡《ぬ》らした布で顔をぬぐい、手足を拭《ふ》いていた。あれだけ動き回っていたのに汗じみた様子もない。焚《た》きしめられた上品な薫香が漂う。その手も足もすらりと白く、繊細で美しい。

光栄はほっそりと繊細な指に杯を持って、冷たい水を飲んでいる。

為頼は久しぶりに会った美しすぎる幼なじみ相手に早口で近況を報告していた。出された水を一口啜《すす》って、太宰府のあれこれを語ったものの、話も尽きてしまったところだった。

「いや、まあ、いろいろとな」

「私にどんな頼み事があってやって来たのだ？」

光栄の指摘に為頼が驚く。真正面から光栄の美貌が為頼に向けられていた。

「え、いや——おまえ、なぜ分かった」

「為頼は昔から隠しごとができない男だ。気持ちがすぐに顔に出るか、言葉に出る」

「そ、そうか……？」

「都に帰ってきたばかりのおまえが、そうそう『いろいろ』あるわけもないだろう」

「ま、まあな」

「しかもおまえは数年ぶりの祭りに間に合ったのだ。私の記憶がたしかなら、おまえが都を離れるときに、祭りをしばらく見られなくてつらいと嘆いていたではないか。そんなおまえがこの家に来てからまだ祭りのことは話に出さない。つまり、祭りのことはひとまず置いてまで私に会いに来たわけだ」

「う、うむ……」

「安心しろ。祭りの見物にはよい場所を紹介してやる」

「本当か」と、為頼が思わず喜色を浮かべる。

光栄が楚々《そそ》と笑った。少しからかわれたと知った為頼が、さっと顔を赤らめる。

「ふふふ。本当にいろいろあって忙しいなら、いくら幼なじみとはいえ、仕事がまるで違う陰陽師の自分のところへやって来ないだろう。一方で、おまえの身なりや顔色は優れている。為頼自身のことで何か悩んでやつれたようには見えぬ」

「まあ、そうではあるのだが……」

「為頼だって藤原の姓を持っている。いまをときめく左大臣実頼《さねより》、右大臣師輔《もろすけ》兄弟と同じ名家・藤原家の御曹司だ」

光栄が茶化すようにそう言うと、為頼はますます困ったような顔になった。

「御曹司はやめてくれ。政治の中枢からは遥《はる》かに離れた傍流の家。せいぜい詩歌の道を究めることで、少しでも出世の糸口になればと思っている家柄だ」

「しかし、おまえが藤原一門のひとりであることは間違いない。そのうえ、おまえは昔から見るからに人が好《よ》い。だから、藤原家の本家筋には頼みにくいことでもおまえには頼みたくなる連中もいるだろう」

「え？」

「たとえば、為頼の知り合いの陰陽師に内密な相談ができないか、とか」

光栄がそう言うと為頼は目と口を大きく開けた。をかしの顔だ。光栄は檜扇《ひおうぎ》で口元を覆いながら、くすくすと笑ってしまった。

「おまえ、何でそのことを」

「まあ、少し考えれば分かる。このくらい見抜けねば陰陽師は務まらんよ」

「……光栄は童の頃からそんなふうだったな」

「そんなふうとは」

「勘の鋭いこと、神の如し」

為頼が眉《まゆ》をひそめてそう言うと、光栄は檜扇で口元を押さえて笑った。

「ふふふ。そうか。では改めて聞くが、誰からどんな頼まれ事を持ち込まれたのだ」と光栄が問うたが、為頼はそれには直接答えずに、妙な質問で返した。

「光栄。その……物の怪《け》とかあやかしものというのは、本当にいるのか」

為頼が泣き出しそうな空腹を堪《こら》えているような、をかしの顔になった。おかげでまたぞろ吹き出しそうになった光栄だったが、為頼の気持ちも分からないでもない。

「もちろんいる。いなければ私たち陰陽師の仕事はすべて嘘になる。為頼は物の怪やあやかしがいるか、分からないのか」

「あいにく、生まれてこの方、見たことがない」

「童の頃に野原を駆けながら、あやかしどもに追いかけられたのは覚えていないか」

「あれはおまえがそう言っただけで、私には見えなかった」

「ふむ。そうか」と光栄がふと真剣な顔になった。その目にてかっとした光が宿る。

檜扇を口元に当てながら、光栄は黙って為頼を見つめたり、為頼の頭の上の辺りを見つめたりしていた。清冽《せいれつ》な泉のように澄んだ瞳の視線と沈黙に、為頼が居心地悪そうにしている。

とうとう為頼の方が音を上げた。

「な、何をしているんだ」

「いや、何ほどのこともない。なるほど、おまえが言う通り、たしかにこれまで物の怪もあやかしも視たことがないようだな。よかったな」

「よかったのか」

「なまじ物の怪が視えたりしていたら、太宰府に長くは赴任できなかっただろう」

「ど、どういう意味だ」と、為頼が慌てた声を上げて腰を浮かせた。

「そのままの意味だ。まあ、無事で何より」

「ちょ、ちょっと待ってくれ。何かマズいことがあったのか」

「なかったから為頼はこの邸《やしき》に入れたんだよ」

またしても為頼の顔に疑問の色が濃く浮かんだ。

「どういう意味だ」

「この邸は私の家であり、つまり陰陽師の家。物の怪やあやかしものに憑《つ》かれた人間を入れたりはしない。小狐が一度手を叩いただろう。あれは柏手《かしわで》を打って邪気を祓《はら》っているのだ。それが私の式である小狐の第一の役目だから」

仮にそのようなあやしのものをつけた者が訪問すれば、官位のあるなしを問わず、小狐は追い出してしまうだろう。

為頼は首をかしげるばかりだ。ますます、をかしの顔になっている。

「光栄、その……シキって何だ」

「式、あるいは式神、識神ともいう。『式』とは『用いる』という意味。私たち陰陽師は鬼神や神霊を呼び出し、我が手足の如く使役する。私の場合はあの小狐がそれだ」

為頼は相変わらず難しい顔で額に手を当てた。その間に光栄は水をもう二杯、味わった。

「するとさっきの童は物の怪だというのか」

「どうしてそうなる。式だと言っただろう。物の怪とは正反対の存在と言ってもいい」

光栄は「小狐」と声をかけた。奥からとたとたと足音がして、小狐がやってくる。

「お呼びでしょうか、光栄さま」

そう言ってやってきた小狐は、唐菓子を少し用意していた。

「ありがとう。童たちはどうした」

「ちゃんと顔と手足を洗って邸から帰りました」

「うん。ありがとう。それでな、この為頼は式をきちんと見たことがないらしい。ちょっと耳と尻尾《しっぽ》を出してくれ」

「はい」と答えた小狐のお尻《しり》の辺りから、ふさふさとした柔らかそうな尻尾が出現した。童特有のつやつやとした髪の間から三角の狐耳がふたつ生えている。

何の前触れもない、突然の出来事。

ごく普通の童に狐耳と尻尾が出現したのだ。為頼は今度こそ腰を浮かせて驚いた。

「み、光栄、何だこれは――」

「見ての通り、狐の式神だ。荒魂《あらみたま》をそのままに出せばもっと猛々《たけだけ》しく顕現もするが、家事その他をやらせるにはこのくらいで十分だろう。どうだ、為頼。目に見えない神霊の類《たぐい》をその目で見た感想は。――唐菓子うまいぞ。為頼も食え」

小狐が持ってきた唐菓子をつまみながら、光栄が為頼に尋ねた。

やや乱れた装束を直しながら、為頼は小狐と光栄の間でせわしなく視線を動かしている。恐る恐る手を伸ばして小狐の耳や尻尾に触れていた。小狐が少し迷惑そうな顔をしている。

「あ、温かい……」

「当たり前だ。本物なのだから。もういいぞ、小狐」

「はい、光栄さま」

光栄の言葉に、小狐は為頼に一礼して耳と尻尾をしまうと、足早に奥へ下がっていった。

「あの耳と尻尾は――」

「どうだ。見たことがないからといって、そういう存在がいないということはあるまい。自分が見たことがないだけで、物事を決めつけてはいけないという例だよ。まあ、世の中には自分の目で見てもまだ信じない奴もいるがな」

為頼の呼吸が荒くなっている。唐菓子をつまんでやや乱暴に口に放り込んでいる。

「陰陽師というのはみな、こうなのか。――この唐菓子、うまいな」

「甘い物は頭の働きをよくしてくれるからな。……真面目に修行をしている者たちなら、程度の差こそあれ式神くらい操れるさ」

「そういえば聞いたことがある。安倍《あべの》なんとかという壮年の陰陽師は、力のある式神を何体も操っているとか」

為頼の言葉に光栄が再び無邪気な笑いを浮かべた。

「私の弟子の安倍晴明《せいめい》だ。あやつの名前は太宰府まで響いていたか。めでたいめでたい」

「弟子って、おまえ、その安倍晴明の方が年上なのではないか」

しょっちゅう聞かれる質問ではあったが、幼なじみが聞いてくる以上は答えないといけない。自分が答えるたびに百面相をしている為頼の顔が、をかしなゆえ許す。

「私より十八歳年上だが、実力がものをいう世界だからな。――もう少し水を飲むかい」

為頼が杯の水を飲み干して脇に寄せると、光栄ににじり寄った。

「陰陽師というのは一体何者なのだ」

真剣に問われると意外に答えに窮する問題だった。思わず腕を組んでしまう。

「陰陽師か。宮中の庶務を取り仕切る中務省《なかつかさしょう》にある陰陽寮に属する技官の役人、だな」

「そういう律令上の身分のことを聞いているわけではない」

「分かっているよ。でも、それがいちばん正しいかもしれないと最近思っているんだ」

「どういう意味だ」

「外見上はごく普通の役人。烏帽子と狩衣《かりぎぬ》姿で毎日出仕している。暦を作ったり占いをしたりするのが仕事。他省の役人と共に並べたら、誰が陰陽師かすら分からない」

「う、うむ……」

「しかし、その本性は呪術《じゅじゅつ》と祭祀《さいし》でこの国に大きな影響力を与えている。星を読み、暦を占することで貴族の個人的な願い事から政治顧問まで幅広くこなす存在。ときに式神を操り、物の怪やあやかしものを駆逐する者たち。言い換えれば、国家によって養成されている霊能集団——それが私たち陰陽師だ」

光栄が言葉に力を込めて断言すると、為頼が「むう……」と唸《うな》って、水を飲んだ。

平安《へいあん》の都が栄華を極めんとする時代、その裏で闇が闇として生きている。物の怪やあやかしが夜の闇に、物陰に、人の心の澱《よど》みに潜み、跳梁《ちょうりょう》し、同じ空気を吸って生きていた。

闇が存在すれば、闇から救われたい人が存在し、救う者が存在する。

それが陰陽師だった。

表向きの仕事は占いや暦を作って人びとに季節と農耕の時期を知らせること。しかし、星を読み、人の心を読み、物の怪やあやかしたちを退ける力を持っているとされていた。同時に、その呪術で人を呪うこともできる、とも……。

他にそのような神秘力を持つ者には、弘法大師《こうぼうだいし》空海《くうかい》が本格的に招来した密教の行者がいる。彼らに匹敵するのが一見、普通の役人の姿をした陰陽師《おんみようじ》の素顔だといえば、その特異性が分かるかもしれない。

「我ら陰陽師は森羅万象の心を見つめ、星々と暦の仕組みを解き明かすのが仕事だ」

「なるほど。現世《うつしよ》と常世のありとしあらゆる仕組みを見抜く智慧《ちえ》がその眼に宿っているのだな。以前から光栄は瞳《ひとみ》がきれいだと思っていたが、きれいなだけではないらしい」

「……詩的な表現ながら、幼なじみからそのように言われると多少返事に苦慮するが」

「あ、変な意味ではないのだ。思ったことがそのまま口に出ただけで」と、為頼が顔を赤くする。「とにかく、貴族たちが裏で陰陽師たちと懇意にしたがる理由が分かった」

為頼の動揺ぶりには触れず、光栄は続ける。

「私たちのような役人の陰陽師は官人《かんじん》陰陽師とも言われる。それに対して法師《ほっし》陰陽師という、陰陽寮に属せずして陰陽師の力を振るう者もときどきいる」

「いいのか、そんな在野の陰陽師がいても」

「いいのではないかな。陰陽師はいつも人数が足りないから」

「そうなのか」

「政争のときには陰陽師に命じて相手方に呪術を仕掛けたり、逆に念返しの術を行ったりもする。だから、腕のいい陰陽師が自分の側にいてくれるということは、貴族たちにとって武器となり楯《たて》ともなる。だから、どこもかしこも陰陽師を欲しがる」

ほんとうの陰陽道というものは決して政治の道具ではないのだが。しょせんこの世の栄華など春の夢の如し。そう悟ること自体が陰陽道の原点でもあるのだが……。

「だとしたら、物の怪やあやかしものたちもやはり実在するのか」

見せてくれと言わんばかりの為頼の様子を見て、光栄は苦笑した。

「実在する。しかし、いま見せることはできない」

「なぜだ」

光栄は視線をそらして中庭に目をやった。庭から庇《ひさし》の間に柔らかい風が吹いてくる。

「為頼よ、風が吹いているな」

「ああ」

「おまえ、この風を捕まえることはできるか」

「随分、風流な物言いだな」

「ははは。為頼は歌の名手だからな」

「名手というほどではない」と答える為頼の頬が赤い。

「唐突に褒められると照れるか」

「まあな」

「先ほどおまえに瞳をきれいと言われた私の気持ちが分かったかな」

「え？」と、為頼が目を白黒させたが光栄は真面目に続けた。

「いずれにしても私と比べれば歌の名手だよ。だが、いまの質問は歌に詠むことで、歌に風を捕らえる意味ではない。この両の手で風を捕まえることはできるか」

そんなことはできない。風をこの目で見ることもできない。しかし、風があることは誰しも信じている。風が吹けば涼しかったり寒かったりするし、感触があるからだ。

物の怪《け》やあやかしものも一緒だと光栄は説明した。

「目に見えないし、捕まえることもできない。しかし、確実にあると言いたい訳か」

「それにおまえが見たことがないだけで、目に見えるものもたまにいる」

「ほ、本当か」

「あるいは見たことがあっても、理解できなかったから偶然や自然の出来事だと勝手に解釈しているだけかも知れぬ」

「うーん。何かうまくごまかされたような気もするが……」

為頼は再び腕を組んで唸り始めた。光栄は苦笑した。

「為頼よ、そうは言うが、人間にとって大事なものは目に見えぬものが多いではないか」

「そうなのか」

「真実とか、もののあわれとかさ。他にも慈しみ、正しさ、智慧、美しさ、和とか、神仏。見えはしないが、誰しもが大切にする大和の心だ」

「たしかに私は何度も歌で詠んできたが、人の心だって見えないよな」

「そうだ、その通りだ。偉いぞ、為頼」と、光栄が笑顔で手を叩《たた》いた。

「ということは、物の怪もあやかしものも結局人の心の如しか。あ、ひょっとして――」

「『物の怪もあやかしものも人の心が想像で作り出したものか』などと頭の悪いことは言うなよ？　すでにおまえは狐の式神を見ている。さっきまでの私の話、よく振り返れ」

「そ、そんなことは思っていない」と、口では言っているが図星だったらしく、為頼が声を落として檜扇《ひおうぎ》をいじっていた。

「まあ、物の怪もあやかしものも、人の心に巣くうものであることは間違いない。人の心の闇が大好物な悪鬼も山のようにいる。そんな悪鬼どもを祓うのも陰陽師の仕事だ」

「光栄もそういう力があるのか」

「まあ、それなりに」

「おまえは、物の怪とかあやかしものとか百鬼夜行には、その、強いのか」

「強い方だと思う」

「いま、おまえは、どこかの貴族に召し上げられているのか」

思わず声に出して光栄は笑った。為頼はやや鼻白んだ顔をしたが、この笑いはまるで演技ではない。光栄はまた唐菓子を手に取り、続けた。

「ふふふ。私は誰にも個人的に仕えていない。仕えたいとも思わない」

だからこそ、自分で愚かな風説を流布して、存在を消そうとしているのだ。

幼なじみとの間に何とも言えない空気が下りる。

為頼は小さく頷《うなず》いていた。

為頼とて分かっているはずだ。童たちと遊ぶことには時間を割けても、頑《かたく》なに光栄が個人として権力に仕えることが嫌いな理由を。そうなってしまった出来事を――。

光栄はそんな空気を払うかのように、水のお代わりを頼むために小狐を呼んだ。

後年、従四位上《じゅうしいじょう》という官位を授かり、太政大臣、左右の内大臣、大納言や中納言に次ぐ位に就く彼だが、いまはそんな気はないのだった。

小狐が新しく水を用意し、再び礼をして下がっていった。

わだかまった空気はなくなったものの、為頼はなぜか申し訳なさそうな顔のままだ。

「仕えてくれというわけではないんだ。おまえの話をいろいろ聞いてやはり光栄が適任だと思ったんだ。一回だけ、力を貸してくれないか」

為頼が頭を下げた。狩衣の袖《そで》が杯に当たる。

「随分と寄り道をしたが、本題というところだな。為頼、話は聞くぞ」

「助かる」

数日前、為頼が都に帰ってきて、関係各所にいろいろと挨拶《あいさつ》回りをしているときに、ある公達《きんだち》に頼まれたのだという。

「何があった」

「その公達の知り合いの貴族が、都の外れにある、いまは誰も住んでいない邸《やしき》に、その……数人で肝試しに行ったとか」

別に自分のしたことではないが、為頼が言いにくそうに話した。

光栄は思わず手にしていた杯を落としそうになった。

「貴族のくせに肝試しとは……そやつ、年はいくつだ？」

「すまない。本当にすまない。私はそやつにも会わせてもらったから、年の頃は分かるけど、あわれと思って齢《よわい》は聞かないでやってくれ」

なるほど、為頼がここに来てからずっと居心地悪そうにしていた理由が分かった。為頼こそあわれに思えてくる。いや、これは「をかし」かもしれない。

「まあ、いい。おまえに免じて年は聞かない。名前も、いまは聞かないでいてやる」

「返す返すもすまない。で、その肝試しに行って、私が会わせてもらった貴族ひとりだけ、何か変なものに憑《つ》かれたのではないかと……」

その日からずっと、腰の辺りをぐるぐると冷たいものが這《は》っている感覚が止むことがない。あまりにも気味が悪く、物忌みと称して別宅で寝込んでしまったという。

光栄はため息をついた。肝試しなぞすれば、そういうこともあるだろう。

普段、物の怪もあやかしものもいるわけないと馬鹿にしたり、よく分かってなかったりする連中に限ってそういうことをしでかす。そして、反省がない。

光栄が――というより陰陽師たちがいちばん頭を悩ませる連中だった。

ともあれ、為頼としては何とか助けてくれないかと頼まれて断り切れなかったらしい。

知り合いに優れた陰陽師がいると向こうに知られて、相談をお願いされたのだそうだ。

話しながら、為頼の烏帽子《えぼし》まで何だかうなだれているように見える。

「貴族子弟なら、それこそ自分の家のお抱えの陰陽師がいるだろう」

「いい年して肝試しをしておかしくなったかもしれないなんて、恥ずかしいのだそうだ。懇意にしている陰陽師に知れたら家名に傷がつくのではないかと頼めない、と」

「――一応、まともな感覚は残っているのだな」

「……だめかな？」

為頼が下から光栄を見上げるようにして尋ねてきた。愛嬌《あいきょう》があって、をかしな顔である。

とはいえ、光栄には別の懸念があった。

自分の家の陰陽師に遠慮して為頼を頼ったら、陰陽頭の嫡男が出てきたとなっては、かえって揉《も》めるのではないかということだ。

相手方が、為頼の知り合いの陰陽師とは賀茂光栄だと知っていればまだいいのだが。

為頼の話ではどうもそうではないらしい。

光栄の苦笑が深くなる。為頼はますます渋い顔になった。

「まあ、為頼の頼みだし、引き受けないでもないのだが……」

「……何か、あるのか」

「最近、私もそれなりに忙しいんだ。特定の貴族のために陰陽の業を振るわないということは、逆に言えば誰でも依頼できるということではあるのだが……」

自分では言うのははばかられるが、光栄ほどの腕ともなれば、どの貴族も力を貸して欲しがる。そして、光栄の力が最も必要とされるのは、国の政の中心である内裏だった。

帝やその周辺に危急の命があれば、何を置いても駆け付けねばならない。そのように陰陽頭である父・賀茂保憲から厳命されている。そのため、光栄はなるべく身体を空けておきたい。のちには、宮中の出入りを容易にするため、大納言や中納言に次ぐ従四位上《じゅうしいじょう》の位を不本意ながら授かる必要があるほどだった。

そんな事情があるのだが――為頼は雨に濡《ぬ》れた仔犬《こいぬ》のようにしょぼくれて光栄を見た。

「では、これでどうだ」

為頼はそう言って持ってきていた包みを開く。笹の葉のよい香りがした。

「うむ?」と、光栄が身を乗り出す。「甘いちまきか」

「おまえ、好きだろ」

「ああ。明日、先ほどの童たちと分けよう」と光栄が夢見るような笑顔になった。

童がおいしいものを腹いっぱい食べられるのはいいことだと思う。

陰陽師である光栄には、現世の人生がすべてではないことは自明である。

しかし、現世を軽んじていいことにはならない。祈禱《きとう》などの祭祀《さいし》で神々の力が現世に臨むということは現世も神仏の世界の一部だからだ。僧たちも現世を生き抜いた心の境涯が、来世の境涯を決めると説いている。

だからこそ、現実の笑顔のために、自分の力を使いたいと光栄は願っている。それも、童や女性たちといった、なかなか救いの手が伸びないところへ、手を伸ばしたいのだ。

翌日、光栄は為頼の案内で件《くだん》の貴族が肝試しをしたという都の外れの邸へ向かった。日を改めたのは、光栄が暦を読んで決めたことだ。

今日も天気がいい。鳥の鳴き声が遠くから聞こえる。

ふたりとも馬に乗っていた。光栄のそばには式神の小狐がついている。

「光栄、何だか薄気味悪いところだな」

往来の人もほぼなく、道案内の為頼が情けない声を上げた。

「為頼、おまえ、物の怪やあやかしものについては半信半疑だったのではないか」

光栄が茶化すと、為頼がますます情けない顔になった。

「いや、でも、この邸、やっぱり何か気持ち悪いよ」

為頼が愚痴を言うのも無理からぬ邸だった。

持ち主はだいぶ前に亡くなって、そのあと誰も住んでいないようだ。場所が悪い。この辺りはあまり貴族たちが好む場所ではないのだ。

雑草は伸び放題だった。壁の隙間からもぐいぐいと緑の葉を伸ばしている。家の壁も屋根もあちこち壊れていた。門の戸が半分外れて落ちているさまは、もの悲しいを通り越して不気味なくらいだ。

光栄たちは邸の外を一周した。馬上から首を伸ばして、光栄は邸の様子を窺《うかが》っている。

「ふむ」と光栄がやや眉根《まゆね》を寄せて顎《あご》に手を当てた。

途端に為頼が深刻そうに光栄を覗《のぞ》き込む。小狐はいつものたれ眉顔で手綱を取っていた。

「や、やっぱり何かいるのか」

「喜べ、為頼」

「何をだ」

「念願の物の怪を見ることができるかも知れぬぞ」

光栄の言葉に、為頼が「ひっ」とかいう声を上げた。光栄は声に出して笑ってしまった。

「ははは。怖いのか、為頼」

「こ、怖くなどない」

「そうか。ならいい。もうひとつ言い忘れていたが」

「な、何だ」

「さっきのは嘘だ」

「——は？」

為頼が情けない顔になる。

「ふふふ。だから嘘。ここには何もいない」

「ほ、本当なのか」

「ああ、安心しろ」

「そうか。よかっ……いや、私は何も怖がってなどいないぞ」

笑っていた光栄は突然、真顔になった。

「いや、為頼、おぬしの肩に——」

そう言って光栄が真剣な顔で手を伸ばす。

「ひぃっ」と為頼が馬上から落ちそうになった。

「ほれ、土埃《つちぼこり》が付いている。せっかくの男前が台無しだ」

光栄が為頼の肩を軽く払ってやると、とうとう為頼が顔を真っ赤にして叫んだ。

「怖がらせるのはやめてくれっ。本当は、物の怪《け》もあやかしものも怖くて苦手なんだっ」

いきなり大声を出した為頼を、小狐が驚いた顔で見上げている。光栄は少し口角を上げたが、すぐに穏やかな口調で言った。

「それでよいのだ、為頼。まずは、分からないことは分からない、怖いものは怖いと正確に自分の心を掴《つか》まなければいけない」

「え？」

「昨日も少し話したが、物の怪やあやかしものというものは人の心に感応する。表面だけ取り繕ってもだめだ。上辺だけ善人ぶっていても、心の中では物欲にまみれ、嫉妬《しっと》や怒りに囚《とら》われていれば、物の怪やあやかしにはそういう姿に見えるんだ」

「何だって」

「考えてみろ。あやつらは人間ではない。動物でもない。では、どうやって私たちのことを見ている？　あやつらには私たちはどのように見えると思う？」

「う、うーん……」と為頼が考え込む。「おまえの問題は難しいものばかりだ」

かたや、光栄は日なたぼっこでもしているような柔和な顔のままだ。

「情欲や名誉欲の虜《とりこ》となり、嘘や二枚舌を使って他人を陥れたりしていれば、物の怪どもはその暗い悪の心が、自分たちと同じ姿に見えるんだよ」

「同じ姿って、化け物仲間に見えているのか」

「そうだ。文字通り自分の仲間に見えるんだ。だからあやつらの中には悪気がまったくない奴だっている。ただ新入りの仲間の面倒を見ているつもり、子分を守ってやっているつもりなのだ、とな」

「勘弁してほしいな……」

為頼が情けない声を上げた。小狐より眉が垂れている。をかしの顔だった。

「ははは。類は友を呼ぶ、だよ。だから、その心に忍び込んでくる。恐怖心だってあやつらには格好の的になる。まるで鼠やげじげじが暗がりを好んで潜むように」

なるほどと頷《うなず》きかけて、為頼はふと疑問を口にした。

「待て、光栄。おまえがいま言った『上辺だけ善人ぶって』いる連中というのは、政を行っている貴族たちの多くに当てはまらんか」

「ふふ。いいところに気づいたな。だから、私たち陰陽師の仕事は減らないんだ。貴族たちも、もう少し真面目に僧侶《そうりょ》の説教を聞いて、心を見つめてほしいものだよ。まあ、袈裟《けさ》だけつけてまともに修行しない僧、尼僧も一部にはいるかもしれないが」

光栄が馬から下りた。為頼もならう。小狐が二頭の馬の手綱をまとめた。

「入るのか、光栄」

為頼の問いに頷いた光栄が、ふと為頼に向き直る。檜扇《ひおうぎ》をしまって右手の人差し指と中指だけを伸ばした刀印を結び、縦横に動かした。

「臨《りん》・兵《びょう》・闘《とう》・者《しゃ》・皆《かい》・陣《ちん》・列《れつ》・在《ざい》・前《ぜん》」

最後に刀印を斜めに振り下ろす。強風に吹かれたように、為頼が一歩後ろによろめいた。

「何だ、いまのは」

「護身の術だ。物の怪やあやかしものと自分ひとりで戦うなど、私とて難しいのだ」

「そんなに危険なのか」

「あくまでも、神仏と一体になっていなければ負けてしまう。自分の力で勝てるなんて思わないことだ。いまの護身でおまえと神仏をしばし縁づけた。多少の物の怪やあやかしもの の類《たぐい》なら、おまえに触れることはできない」

「何だと？　先ほど、ここには物の怪はいないって……」

「通りすがりの野良犬のような物の怪がこの場所に寄ってくるかもしれないからな」

「あまり脅かさないでくれ」

「私のそばから離れるなよ」

「え？」

「離れすぎて護身が効かなくなるといけない」

門をくぐって敷地に入る。外から見た通りの荒れ放題の庭を進んだ。

　廊下もあちこち板が破れているので、履物のまま建物に入る。屋根が抜けている箇所があるようで、室内にも日の光が入っていた。

　姿を隠す御簾《みす》も部屋を区切る几帳《きちょう》も破れ、壊れた屏風《びょうぶ》が倒れたままなのも凄《すさ》まじい。

　ところどころ板が腐っていて、足をかけると抜ける。

「なあ、光栄。これもいまさらなんだが……うわっ、蜘蛛《くも》の巣が」

　顔に付いた蜘蛛の巣を為頼が慌てて払っていた。

「他の虫もいる。蛇もいるかも知れないから気をつけろ。――それで、何だ？」

「いや、いまさらなんだけど、『物の怪』と『あやかしもの』って、どう違うんだ。――昼間でこれだから、夜に来たらさぞかし怖かったろうな」

　為頼の言葉に、光栄が振り返った。ちょっと考えてから光栄が説明を始める。

「どちらもこの世ならざるものだ。ただし、『物の怪』の方はある程度、積極的に人に害をなす連中だと思ってくれ。元から化け物の類《たぐい》だったり、鬼神だったり、死んだ人間が恨みのあまり障りを起こすようになった者までいろいろだ」

「障り……。あまり恐ろしことは言わないでくれ」

「『あやかしもの』の場合は、もう少しかわいげがある」

「かわいげ……」

「自然の精霊みたいなものとか、それこそ動物が化けたものもいる。いたずらはしても積極的に人を害そうとしない。動物と一緒で怒らせたら怖いときもあるがな」

「貴族たちが肝試しに来たとき、そのどちらかがいたのだろうか」

「それを調べにここに来たんだから、そう焦るな」

光栄が邸《やしき》の中へどんどん歩いて行く。

「都で騒がれている、その、私の任地にゆかりがあった菅原道真《すがわらのみちざね》公なんかは……」

光栄が為頼の言葉を途中で遮った。

「物の怪などと呼ばない方がいい。それこそ祟《たた》られるぞ」

「や、やっぱりそうなのか」と為頼が青い顔になった。

光栄は為頼には向き直らず、床に散らばっているものをひとつひとつ手に取って物色しながらため息をついた。毀《こぼ》れた天井から射す光が光栄の狩衣《かりぎぬ》の首上に当たり、ほっそりした白い首筋を照らしていた。

「道真公は残念なことをした。極めて優秀であられたが、藤原氏の政争に巻き込まれたら、ああいう学者肌の方では太刀打ちできなかったのだろう。畏《おそ》れ多くも例えば桓武《かんむ》帝の御代《みよ》であれば、臣下の権力争いよりも帝のご威光の方が強かったはず。そのときなら、道真公も優秀な官吏として天寿を全うできたかも知れない」

「おまえは道真公を擁護する立場なのか」

「別にそうではない。私も、直接に生前の道真公の言い分を聞いたわけではないからな。

だが、生まれる時代が悪かったと、同情する気持ちはあるよ」

世に平安《へいあん》の都と呼ばれてはいるが、政治の世界は魑魅魍魎《ちみもうりょう》の世界である。権力争いは年々激しくなり、そこに物の怪がからみ、陰陽師が祈禱《きとう》の力比べをして拍車がかかる。

いま話題に上がった菅原道真の太宰府左遷やそれに伴う道真派の左遷流罪のあった昌泰《しょうたい》の変のあとは、さらに政治が乱れていた。

「道真公の死去から、もう五十年以上経つよな」

光栄は手を止めて、話し続けようとする為頼をじっと見つめた。

「為頼、おぬし、怖いからしゃべり続けてごまかしているだろ?」

「なっ」と為頼が赤面した。「そ、そんなことはないぞっ」

「では、黙って作業しよう」

しばらく無言で邸の中を探索する。

急に鳥の鳴き声がして、為頼が「あなや」と飛び上がっていた。

「ふふ。話しながら作業しようか」

「そうしてくれると助かる……」

光栄は腰を伸ばしながら、簡単に言った。

「しかし、道真公のことなら、太宰府にいた為頼の方が詳しいだろう」

「まあな。うわ、蜘蛛の巣がひどいな。——道真公は、幼少の頃から詩歌に長じた秀才だったそうだな。官位も順調に出世すると共に、朝廷の文人の代表格にもなった。道真公は学問で身を修めてきた真面目な人柄だったと聞く。宇多帝《うだ》に誠実に仕えたのだろうな」

「天照大神《あまてらすおおみかみ》の子孫である帝こそがこの国の中心であるべし。そう、道真公は愚直に思っていたのだろう。自分を家格以上に出世させてくださった宇多帝への感謝もある。帝と藤原基経《もとつね》の屈折した関係を見て、その気持ちは強くなったのだろう。――埃《ほこり》がすごいな」

光栄が反故《ほご》となった内装をあれこれ物色しながら言った。

基経の側から見れば、道真の振る舞いは面白くない。道真は藤原氏でないのである。

「道真公のように、己ひとりでのし上がってきた人物は……」

為頼が言いにくそうにした先を、光栄はあっさりと口にした。

「藤原氏には面白くなかったというわけだな。遣唐使の廃止なんていう大胆な政策も、道真公は提言しているし」

しかし、そのしばらくあとに唐《とう》は滅亡している。先見の明は陰陽師並みだった。

「父上から聞いた昔話だと、道真公はやはり凄まじく頭がよかったらしい。全国の細かな税収をすべて覚えていて、帝からご下命あればぜんぶ諳《そら》んじられたとか」

「さもありなんというところだな」

「しかし、帝のご下命のとき以外にはどこかあらぬ方向を向いていて冷たい雰囲気だったとか。夜宴で好みの女性についてあれこれ議論して、一緒に朝まで飲み明かしたいとは、間違っても思わない人物だったと言っていた」

あちこちのがらくたをひっくり返していた光栄が、手を休めて振り返った。

「いかにも藤原氏から見た道真公らしい姿だな」

「道真公の太宰府左遷は、醍醐《だいご》帝を廃して自らの娘婿である斉世《ときよ》親王《しんのう》を皇位に就けようとしたと訴えられたからと言われている。真相はどうなのだろうな。光栄はどう思う」

「道真公がそこまで考えていたとは私には思えないな」と光栄があっさり答えた。

「では、やはり噂の通り、虚偽の訴えだったというのか」

「これまで帝に忠実に仕えてきた道真公にしては行動の一貫性がないように思えてな」

「菅原道真公の政敵である藤原一門に対抗する意図があったとかはないのかな」

「為頼も意外に深読みするのが好きなのだな」

「太宰府なんて所にいたら、みんなそんなことを言い合っているものだよ」

光栄は再びがらくたを漁《あさ》りながら、話を続けた。

「では、私もその噂話に一言付け加えようか。道真公を讒訴《ざんそ》したのは彼の政敵で、時の藤原氏の有力者、藤原時平《ときひら》。その時平こそ、娘を入内《じゅだい》させて帝の外戚《がいせき》となって権力を振るいたいと画策していたではないか」

「道真公は、娘の衍子《えんし》を帝の女御《にょうご》に、同じく寧子《ねいし》を斉世親王へ入内させていたよな」

「それが、道真公にとっては帝への忠義の表れだったろう。しかし、敵対する時平には、忠義ではなく、権力を求めての行動にしか見えなかったのだよ」

「なぜ断言できるのだ」

「時平自身はそう考えていただろうからだ。人は、他人も自分と同じように考え、行動していると思うものだからだよ」

「うーん……」

光栄の言葉の鋭さに、為頼は唸《うな》るしかなかった。

「時平は結局、自らの権力欲の物差しで道真公の心を測っていただけ。いや、鏡に映した自分自身の権力欲を見ていただけに過ぎないのだろうよ」

結果、道真は太宰府で無念の死を迎え、その後、彼を貶《おとし》めたと思われる人々が次々と死んでいった……。

「光栄よ、おまえはそう言うが、藤原一門だけではなく、他の貴族でも道真公の祟りだと考えるような出来事は現在も続いている」

光栄は頷く。先日の高階経平《たかしなのつねひら》の件も本人はそう思っていた。

「道真公の恨みは消えていない。帝の御政道を臣下の藤原一門がほしいままにしているとの憤りには一定の言い分もあろう。しかし、おそらくは怨霊《おんりょう》と化されている」

「怨霊……。死後五十年以上も経っても、まだなお、そうなのか」

「五十年以上熟成された恨みの念は、そうそう簡単に晴れるものではない。いつか私も何とかして差し上げたいのだが、暦をいくら読み込んでもなかなか『時』が来ない」

「むう……」と為頼が唸った。

光栄が額を拭《ぬぐ》い、美しい花のように明るい表情を作った。

「差し当たって、為頼、軽々しく道真公の名を口にしない方がいいかもしれぬな。名前は縁だ。名前を口にすることでその存在がおまえに寄ってくる」

「えっ、本当か。いま、だいぶ話してしまったぞ」

「太宰府で何もなくて本当によかったな」

「み、光栄ぃ……」

建物の中を一通り歩いた光栄は、改めて母屋に戻った。

文机《ふづくえ》は壊れ、几帳は破れて倒れている。屏風には何が描かれていたか、いまでは判然としないのもの悲しいものだった。そんながらんとした部屋の中央に、光栄は立つ。

光栄は軽く目を閉じた。合掌して大きく息をつく。そのまま深い呼吸を繰り返した。

為頼が身じろぎすると、板が鳴る。思いの外、大きく響いた。

板なりの音にも動じないで、光栄は合掌したままでいる。目ではなく、身体全体で四方八方を見ようとしているようなそんな雰囲気。黄金の観音像のような神々しさだ。

雑草に風が吹き付ける音がする。驚いて為頼は飛び上がりそうになったが、抑えた。

やっとのことで、光栄が目を開けた。長いまつげが、伏し目がちに開かれたまぶたの周りをたおやかなまでに飾っている。

「い、いま何をしていたんだ」

「精神を統一して心の目を開き、この邸に目に見えないものが影響を与えていないか、視ていた。仏の御教えでは天眼とも言われる」

「そ、それでどうだった」と、ごくりと為頼がつばを飲み下して光栄に尋ねた。

光栄はやや難しそうな顔をしていたが、為頼に振り返ると話し始める。

「この邸の持ち主は、さる家に連なる姫君だったようだ。だが、通っていた男がよくなかった。適当に姫の元に通って、いきなりふっつりと通うのをやめた。その後、ほどなくして世をはかなみながら姫君は亡くなっている」

この時代、ひとりの貴族が何人もの妻を持つことは決して珍しくなかった。恋のさや当ては宮中ではよくある話だ。しかし、だからと言って人の心が傷つかないわけではない。

「ひょっとして、それを恨みに思っていたりするのか」

「さっきも言った通り、ここには何もいないよ。姫君もきちんと成仏なさっている」

「では、何がここで肝試しをした貴族に取り憑《つ》いたんだ？」

光栄は伏し目がちに目線を落とした。きれいな顎《あご》にほっそりした指を当ててしばらく考えていたが、やがて結論が出たのか、顔を上げる。

「為頼、このあと時間はあるか」

「せっかくだから陰陽寮へ行って詳しく調べてみよう。ひょっとしたら弟子の安倍晴明もいるかも知れないから、ちょっとあやつの修行も兼ねようかな」

　ぼろぼろの邸の中にあって、光栄は輝くばかりの天女のように微笑んだ。


「大丈夫だが」


　陰陽寮は、現在の律令制の統治体制では中務省という役所の一部門である。中務省は帝の補佐をするため、最も重要な省とされている。陰陽寮は中務省の東に隣接し、大内裏の南東にある。帝が政務を行われる大極殿《だいごくでん》の東だ。

　さらにいえば、帝が生活される内裏の南東、春華《しゅんか》門の真正面に陰陽寮はある。中務省の一部門ながら、いかに重く考えられていたかが分かるだろう。司法・行政・立法を掌握する太政官や、宮内の衣食住などを司《つかさど》る宮内省よりも帝の御座所に近いのである。

　陰陽寮は時を司る。この国の一日を決め、季節と暦を定め、天文の吉凶を知らせるのだ。

　その重要さ故に陰陽寮は中務省に配されたとも言える。中務省は陰陽寮の西側、帝の住まう内裏の南門である建礼《けんれい》門の正面にあった。

　為頼は都に戻ってきて大蔵《おおくら》省に配属になったそうで、毎日、大内裏の北西にある大蔵省に出入りしている。宝物の管理という仕事柄、倉庫と近くなければならないからか、他の省からは離れた大内裏の北側にある。

この時代の仕事は午前中には終わってしまう。あとは歌会をしたり蹴鞠《けまり》をしたりして楽しんでいた。そのため、太陽が中天から西に滑り始めたいまは中務省は静かだった。

「見たところ、建物は他の役所と変わらないんだよな」

為頼は陰陽寮に立ち入ったことはないようだ。

「ははは。何かもっとおどろおどろしいものを想像していたか」

陰陽寮は、狩衣《かりぎぬ》姿の役人が何人か出入りしている。見た目ではまったく普通の役人だ。

先ほど役所仕事は午前中で終わると言ったが、何事も例外はある。

貴族からの依頼で暦の解析をしたり占を立てたりすることもある。そのときは資料が充実しているのは陰陽寮だから、業務時間外の仕事も若干あるのだ。

それにそもそも、天文の計算はできても、観測は午前中にはできない。

みな、見かけない顔である為頼には不思議な顔をしていた。しかし、光栄がそばにいると分かると明らかに威儀を正しながらも、ひそひそと声が交わされる。

「おい、あれ――」

「間違いない。賀茂家の天才とも、麒麟児《きりんじ》とも言われている……」

「光栄さま、何しに来たんだろう」

出てきたばかりなのに慌てて陰陽寮に戻る者もいた。細波《さざなみ》が広がるように、陰陽寮全体にざわめきが伝播《でんぱ》している。

手の空いている者が陰陽寮の入り口付近に集まってくる。好奇心と畏怖《いふ》の入り交じったような目がちらちらと向けられた。光栄はまつげの濃い目を伏して、その視線を横切る。

「おまえ、有名人なんだな」と為頼が言わずもがなことを言う。何だか楽しそうである。

「別にうれしくもない」

「やはり、おまえも将来は御父上のように陰陽頭になることを目指しているのか」

為頼の何気ない質問に、光栄は眉《まゆ》をひそめた。

「なりたくもない。陰陽頭は事務方のとりまとめ。そんな面倒は御免被りたいね」

挨拶《あいさつ》をしてくる役人たちに、光栄の方がかえって恐縮したような顔で、ひとりひとりに不器用に頭を下げている。

光栄は為頼と連れ立って陰陽寮に足を踏み入れた。

各人が粛々と仕事をしている。作業に打ち込む静かなざわめきが、建物を満たしていた。

十名くらいの役人たちが各々《おのおの》書物にあたったり、仕事に打ち込んでいる。

方形の板と椀《わん》状の円形の木を合わせた独特の呪具《じゅぐ》を使っている者もいた。これは六壬式《りくじんしき》盤《ばん》と呼ばれる道具で、方形の板が地盤、円形の部分が天盤と呼ばれることから、天地盤とも呼ばれる。天盤には楓《ふう》にできるコブの楓人《ふうじん》を、地盤には雷に打たれた棗《なつめ》の木を用いることが定められている。その名の通り、天地の一切の理《ことわり》を読み解くための呪具だ。陰陽道《おんみょうどう》の占いはもちろん、調伏などの儀式でも用いられる。

やはり、光栄の方を窺《うかが》う者がいたり、逆に熱心に仕事をしてみせている者がいたり……。中には、同行している為頼に怪訝《けげん》な顔をしている者もいた。部外者への警戒と、光栄のそばに立っていることへの無意識の嫉妬《しっと》だろう。

「この中のほとんどが私のように式を使えるぞ」

「やっぱり、そうなのか――」

「陰陽寮という役所の外見と、陰陽道という学問的な見た目に助けられている」

「誰でも勉強できるから楽なのか」と問う為頼に、光栄が少し人の悪い笑みをした。

「まったく逆だ。ただの役人の振りをしていれば他の役所と交流もできる。逆に好奇心で学問的に陰陽道を盗み取ろうとしても、奥義には絶対に手が出せない。学問好きな人ほど、膨大な用語の細かい分類や解釈に気を取られて霊的な秘儀に飛び込めない、巧妙な罠《わな》だよ。

――為頼、こっちだ」

と、奥へ行きかけて、光栄の動きがふと止まった。

光栄より年上の陰陽師が式盤を回している。出てくる結果の読み方を陰陽道の書物でさらに詳しく確認していた。しかし、その陰陽師は何度も書物をめくっては占の読み方を確認したり、別の項目を見たりしている。

「占は一度限り。もう一度やるときには間を空けて潔斎し直して。そうしないとどうしても疑心や私心が入ってしまいます。無私となり、無我となること」

光栄が声をかけると、その陰陽師がびくりと振り返った。

「はい――」

「何か占の読み方で苦心しているみたいですけど……」

陰陽師が慌てている。別に叱るつもりもないのだが……。

「いえ、あの」

「どんな出来事を占っているんですか？」

その陰陽師が占っているのは駿河国《するがのくに》に赴任した役人からの報告についてだった……。


駿河国は都から遥《はる》か東方にある。南側に長い海岸線を持ち、温暖で風光明媚《ふうこうめいび》な場所だ。海からの恵みも豊かで、人々が魚を漁《すなど》る姿がそこかしこで見られる。昼間、日の光にきらめく細波は天の宝箱をひっくり返したかのようにきらめき、美しい。

変異はその海で発生するという。

昼間には何もいない。のどかな海の風景が続いているだけだ。

怪事は、夜に起こる。

都から赴任して、まだ心を割って話す者とてない役人である。夜のさみしさを酒で紛らわそうと、海辺で杯をひとり傾けていた。

　都でも見た満天の星が、駿河国にも広がっているのがせめてもの慰め。だが、止むことのない潮騒《しおさい》は夜になるとかえってもの悲しく、恐ろしくさえもあった。

　役人は都の酒で酔って、海風に吹かれようと海岸へ歩いて行った。

　すると――海が青白く燃えていたのである。

「あなや」

　見渡す海岸線が波打ち際から相当なところまで青く恨めしげに燃えている。

「海の物の怪《け》が、地上に這《は》って出ようとしているのか――」

　誰かを呼ぼうとするが、周りに人の気配はない。ということは、この海の炎は篝火《かがりび》などの類《たぐい》ではない。恐ろしさに声を上げて慌てて邸《やしき》に戻り、一晩中、覚えている経を誦《ず》した。

　翌朝に見回っても火を焚《た》いたあともない。近くの漁師に聞いても首を横に振るばかり。

　さらに調べてみれば駿河国だけではなく、隣の伊豆国《いずのくに》でも同様の事案があるという。

　伊豆国は遠流の流罪の土地としても知られ、この地で無念の死を遂げた人物も多い。

　その死人たちの魂が鬼神となって海を燃やしているのではないか、だから、あのように青白く恨めしげに燃えていたのではないか――。

「……といった内容で、私に吉凶を占って欲しい、という依頼なのです」

光栄は真剣に聞いていたが、話が終わると桃の花のように微笑み、小さく首をかしげた。

「お話は以上ですか」

「はい」

「そうですか」と、光栄は檜扇《ひおうぎ》を音を立てて閉じた。「私には正体が分かりました」

光栄は微笑んだまま、水晶のように瞳《ひとみ》をきらめかせた。

「何ですと」

驚愕《きょうがく》する陰陽師へ、匂うような笑みのままで光栄はいくつか質問した。

「依頼主の役人はあなたの知り合いですか」

「昔からの友人です。共に都の路地で遊んでいた仲です」

「ずっと都暮らしだったわけですね」

「はい」

「生まれて初めての地方暮らしだといろいろと不自由もあるかもしれませんね。あなたもこれまで都から出たことは……」

「おかげさまで地方に飛ば……転勤になったことはありません」

光栄は苦笑した。この陰陽師、光栄を賀茂家の一員とはいえ、年下と思う気持ちが先にあるかもしれない。だから思わず「地方に飛ばされる」などと言いそうになったのだろう。

若い貴族や役人たちの間では、京外の地に赴任することを「都落ち」「飛ばされる」と称する者もいるとは聞いていたが、光栄は初めて耳にした。あまりよい感じではない。地方からの税があるから、都の貴族や役人の生活は成り立つのだ。

目の前の陰陽師は、身分そのものは高くないが、だからこそ都での生活をある種の特権のように思っているのかも知れない。

だが、相手は年上でもあるので、光栄は微笑んでいる。

「なるほど。夜になると、海が青白く燃えるのですね」

可憐《かれん》なまでの美しさだった。

「そう聞きました」

「その炎が出現するのは波打ち際のあたりが主で、沖合でない」

「はい」

「誰かがたき火をしたりした形跡もない」

「そうです」

相手の陰陽師がしきりに頷《うなず》いている。

「念のためにもう一度確認しますが、その火の色は青白いのですね？」

「ええ」

その陰陽師のみならず、為頼まで興味深げに光栄を見つめている。

「青白い炎と言うことであれば、並のたき火や篝火では起こりません」

「もちろんです。何しろ海の水が燃えているのですから。やはり物の怪の仕業――」

気色ばむ相手に、光栄は美しい女性のような声で予想外の言葉を放り込んだ。

「問題は、本当に炎だったのかということです」

「え――」と、相手も為頼も口を丸く開け、なぜか互いに顔を見合う。

「そもそもその青白い炎が炎ではなかったとしたら、どうでしょうか」

「そうか……炎ではなかったとしたらとは、そういうことか」と、為頼が何かに気づいたらしい。満面の笑みを向けてくる為頼に、光栄は優雅に頷き返した。

首をかしげるばかりの陰陽師。光栄は言葉を選んで説明しようとして、ちょっと悩んでこそこそと耳打ちすることにした。

「その現象は――」

流麗な面立ちの光栄が、檜扇を開いて相手の陰陽師にひそひそと話しかけようとしたところで、別の男の声が光栄の行動を遮る。

「その海の炎、通常より規模が大きいようですが、いわゆる自然現象のひとつでしょう」

自信に満ちた張りのある男の声だった。光栄には聞き慣れた声だ。

少しばかり、周りの好奇の眼差《まなざ》しが強くなった。

「やあ、安倍晴明。遅かったね」

光栄が檜扇を閉じて出迎える。安倍晴明が為頼には目もくれず、その場に座って光栄に対して丁寧に頭を下げた。為頼は一礼したが、晴明の方は軽く眉をひそめている。

「師匠こそ、陰陽寮にお越しとは珍しい。おかげで他の役人たちが、賀茂家の麒麟児《きりんじ》の突然の登場にどうしていいか戸惑っていますよ」

光栄が、晴明の指摘に「まあ、そうかもしれないね」と頭を掻《か》いていた。

晴明が屈託なく笑う。薄めの藤の狩衣《かりぎぬ》から、よく焚《た》きしめた薫香が香っている。丁寧でよい印象だ。引き締まった顔立ちで凜々《りり》しい。黒い瞳は強い意志の力を感じさせた。晴明も端整な顔立ちだったが、光栄がうっかりすると姫に見えるような繊細な顔立ちであるのに対して、いかにも心身共に壮健な男の顔である。

それでいて、ふとした目つきや手つきに何とも言えない風雅さが漂う。

美男子であるのだが、「安倍」という姓の通り、いまの時代で家格が高い家の生まれではない。家柄に釣り合わないほどの、あまりの美男子ぶりと大変な霊能の持ち主である。

そのため、安倍晴明は白狐《びゃっこ》を母として生まれたという者もいるという。

現在の陰陽寮の、いや都全体での呪術・霊能関係で最も有名な男といってよい。

だが、いくら評判になっても、それだけで身を立てられるわけではない。

晴明は、光栄の祖父・賀茂忠行《ただゆき》と父・賀茂保憲によってその才を見出《みいだ》され、陰陽師として鍛えられた。しかし、晴明自身の家柄が高くないし、賀茂家も政治の主流でもない。そのため、晴明はその才に比べて出世が遅れているように思えて、光栄はその不遇に心を痛めていた。……光栄が師として心を砕き、晴明も精進した結果、後年では従四位下――光栄に次ぐ官位――を、晴明も授かる。

晴明は傍らの為頼を見て口を開こうとしたが、先にいまの陰陽師《おんみようじ》が晴明に質問してきた。

「ただの自然現象とはどういう意味ですか」

光栄が目配せすると、晴明が説明を続けた。

――先ほどの話の「青白い炎」とは、おそらく夜光虫の類だろう。波打ち際に発生して冷たい色の光を放つ、目に見えないほどの小さい虫だ。

普通はそれほど目立たないが、今年は潮の流れ、海鳥たちの様子からして夜光虫が大量に発生していておかしくない。

それこそ、海が青く燃えているように見えるほどに、だ。

だから、そのままではいくら式盤を回そうとも解釈本を漁《あさ》ろうとも、何かしらの答えが出てくることはないのである――。

晴明の説明は正しい。為頼も同じことを考えていたのか、何度も頷いて聞いていた。

「何でそんなことが言い切れるのですか」

男はまだ食い下がるが、これについても晴明は流暢《りゆうちよう》に答えた。

「あなたが師匠に話していた内容から考えればそうなる。その現象を報告してきた友人は生まれも育ちも都の人。この京の都は山に囲まれているから、海を見たことはない。今回

初めて地方に出たことで海を見たのだろう。同じようにあなたも、都で生まれ育ったため
に海を見ていない。だから、このような現象を、そもそも知らなかったのではないか」

光栄は片側の頬をほころばせた。晴明はきちんと筋道立てて考えている。指摘は正しい。

晴明にも自信がある。並の陰陽師なら及第点である。しかし――。

光栄はそれとは分からぬほどに目を細めた。その傍らで、晴明の言葉の意味が分かって
きた、先ほどの陰陽師が真っ赤な顔になる。光栄が口を挟んだ。

「私たちの占いで大事なのは、占い以前に理詰めで整理が付くところはきちんと頭を使っ
ておくことです。何でもかんでも疑い始めたら、それこそ烏帽子《えぼし》ひとつ怖くなってくる」

「し、しかし、友人は『恨めしげに青く燃えていた』と言っていたのですぞ」

「それです」と、光栄が白魚のように美しい人差し指を立てた。

「え？」

「『恨めしげ』というのは誰の感想ですか。海の炎がそう言ったのですか。それともあな
たのご友人ですか」

「それは――」

光栄が言わんとすることが分かってきたのか、相手は言葉を失った。

だから、身近な人間関係の相手の占いは意外に難しいのである。

どうしても気持ちが入ってしまう。

物事をありのままに心に映し出して占うためには、心を鏡のように磨かなければいけない。それこそ神社にある鏡のように、曇りひとつない心でなければ、映った像は必ず歪《ゆが》む。陰陽師の大切な修行のひとつは、自らの心の曇りを払い続けることにある。

単純に心の曇りを払えと言われても、人間はなかなか分からない。

たとえば、盗み。普通は許されないと分かるはずだが、泥棒ばかりの村に住んでいたら、人のものを盗むのは悪いこととは思っていないかも知れない。

自分が当然と思っていることが心を歪めていることもあるかもしれないのだ。

盗みについて付け加えれば、物を盗んでいなくても、盗みたいと思ったことはあるかもしれない。その段階で心の中では盗みを犯したことと等しくなってしまうのだ。

踏み込めば、自分に与えられていないものを不当に得ようとすることも盗みになることがある。役人の地位を利用して袖《そで》の下をもらい、私腹を肥やすなどは当然これに当たる。

こうした心をひとつひとつ見つめて磨き続けないと、人間としての情や生まれによる習慣などで簡単に物の見方がずれていく。

肉親や友人への情と言った人間としての気持ちは、それ自体は悪くないのだが、陰陽師の職務においては悪になることもあるのだ。

「それよりも別のことが心配ですね」と光栄は眉根《まゆね》を寄せた。

「何かまだ、私に見落としがありましたか」

男が情けない声を出す。陰陽頭の嫡男を前にいいところなしで落ち込んでいるようだ。

「その炎について翌朝尋ねても、地元の漁師は首を横に振るばかりだったとあなたは言ってましたから。ご友人は都から地方に行って、かの地にまだなじめていないのでは……」

その陰陽師がまたしても目を丸くした。

都から遠い地方へ赴任したものの、そこで新しい友人をきちんと作り、地元に根を張るように一緒に生活していればどうだったろう。先ほどの海の炎のような出来事も、漁師たちなりしかるべき人たちから、こういう出来事があるのだと教えてもらえたのではないか。

それが教えてもらえず、都にいる友人に手紙を出すということは、赴任して時間が極端に短いか、周囲とうまくいっていないかのどちらかである可能性がある。

その友人がこの陰陽師と同じような感性の人物だと仮定すると、都ばかりを懐かしんで、顔が地元を向いていないかもしれないと感じられたのだ。

だから、友人として、その陰陽師が占ってあげるべきは地方に赴任した友人自身のことであり、彼が任地で人々と仲良くやっていけるように助言することだ――。

そんなことを光栄は丁寧に噛《か》んで含めるように言って聞かせた。

すべてが理解できた陰陽師は光栄と晴明に頭を下げると、友人に手紙を書くべく、ふたりの前を辞した。光栄は右手で鬢《びん》を拭《ぬぐ》った。

「師匠、お呼びとのことでしたが――」

「ああ。ちょっと力を借りたいことがあってね」

別室へ移動しようとした光栄に、声をかける者たちがいた。

「光栄どの、この占の結果の解釈を教えてください」

「ふたつの書物で方位の意味が違うように思えるのですが、どちらが正しいのですか」

「式盤の動かし方で分からないところがあるのですが」

「どうやれば陰陽師としての修行が進むのですか」

「何かひと言、指針となる言葉をください」

光栄に話しかけたくても話しかけられず遠くで見ていた陰陽師たちが、大挙して話しかけてきていた。

普段、陰陽寮に近づかない光栄だが、実力は折り紙つきどころか当代屈指である。みな、できることなら光栄に一度は指導を仰ぎたいと思っているようだった。

「……では、簡単にだけど答えましょう。晴明、為頼、少し待っててくれ」

刻限がひとつ変わった頃、光栄は、やっとのことで晴明と為頼を伴って奥の静かな部屋へ移った。

結局、あの場にいた陰陽師たちすべての質問を受けていた。

それでもすべての質問に答えたわけではない。

陰陽師たちはここぞとばかりに光栄の力を見たいとすがったが、晴明が適当なところでおしまいにしてくれたのだった。

こういう嫌な役をしてくれる晴明は光栄にとってありがたい存在である。周りの陰陽師たちからすれば天才の指導を独り占めしていると見られ、陰口を叩《たた》かれるわけだが……。

三人で部屋に座り、光栄は脇息《きょうそく》を引き寄せて上体をくつろがせた。

「こちら、私の幼なじみで藤原為頼。太宰府勤務から帰ってきた」

光栄の説明に、為頼が慌てて威儀を正し、年上であり名が聞こえ始めた陰陽師でもある安倍晴明に頭を下げた。

「はじめまして。藤原為頼です」

「こちらこそ。陰陽寮で仕事をしています安倍晴明です。師匠の幼なじみで藤原家の方がいらっしゃるとは……」と、晴明が礼をする。しかし、目線で為頼の力量を測るような圧力がある。晴明なりに初対面の為頼のことをいぶかしんでいるようだった。

「いや、自分は藤原一門と言っても傍流ですから……」

理由は分からないが晴明の慇懃《いんぎん》さに己への軽い嫌悪を感じたのか、為頼が顔を伏せる。

「為頼どのも陰陽道を修行なさっているのですか」

「いいえ。そのようなことは」

「そうですか」と、晴明が軽く顎《あご》を反らすようにして為頼の烏帽子辺りを見つめた。人品を見定めようとしているような目つきだった。

光栄は軽く咳払《せきばら》いして晴明に向き直った。

「さっきの海の炎の見立て、さすがに勉強しているね。唐菓子をあげよう」

「ありがとうございます」

大事な甘い物を分けてあげると、晴明が頰をほころばせる。褒められて尻尾《しっぽ》を振って喜ぶ小狐とまるで変わらない……。

「説明も分かりやすいし、よかったと思うのだが……もう少しだけ駿河国に赴任した友人のことを心配してあげてもよかったかな」

「は——」と晴明が神妙な顔で聞いていた。

晴明による事実の指摘は間違っていない。

むしろそこを通さなければ、いくら光栄でも占で正しい内容を導くこともできない。

でも、もうひとつ忘れてはいけないのは、「恨めしげに青く燃えていた」という見方をした友人の気持ちである。

自然現象でも、どんな意味を感じたか、その人の心を無視してはいけないのだ。

だから光栄は、陰陽師の仕事の範囲外かも知れないが、向こうの友人を元気づけてやれと忠告したのであり、また海を見たことがない先ほどの陰陽師の都至上主義のちょっとした思い上がりをそれとなくいさめたのである。

陰陽道とは陰と陽。

光があれば影があるように、物事は必ず反対側を考えなければいけない。

現象の反対は心。

同じ出来事、同じ言葉、同じ天気でも、人によって捉《とら》え方は違う。

それは人によって心が違うから。

そうして違う捉え方をすれば、そこからの行動もひとりひとり違ってくる。

結果、どのような報いになるかがまた違ってくる。

先日、落雷で珍しい燃え方をした木を、地獄の顕現と仰天した高階経平がいい例だ。

陰陽師にもたらされる相談事の本質は事件の方ではなく、それを事件だと感じた相手の心であることも多いのだ。

「いつも言っている通りだよ。同じ川の水を飲んで蛇は毒を作り、同じ川の水を飲んで牛は乳を作る。物事は捉え方でどうとでもなってしまう。だから、あえて自然現象だと切って捨てることが必要なときもあれば、そこから相手の心に踏み込まなければいけないときもある。私たちが相手をしているのは人間だからね。仮に本当に物の怪《け》やあやかしものが関与していたとしても、それを引き寄せる相談者の心にこそ真の原因はある。そして、心が変われば世界が変わる。そこをこそ解決しないと」

光栄は晴明が落ち込んだりしないように明るくさらりと話している。

ここで変に落ち込まれると、あとが厄介なのだ。

落ち込んで心が暗くなれば、晴明ほどの霊能の持ち主ならすぐに悪い物の怪の気が寄ってくる。かといって放っておいたら晴明の成長が止まってしまう――。

「はい――」と晴明が頷《うなず》きながらも、ちらちらと目線を為頼にやっている。

「私の幼なじみなどという、他人がいるところでこんなふうに言われるのは嫌だろ？」

「い、いえ――」

晴明は冷静を装っているが少し言いよどんだ。

「だからさっきの陰陽師への指摘も、こっそりとしてあげた方がよかったかもしれない。相手を褒めるときには人前で大きな声で。相手の間違いを指摘するときは陰でこっそり。できればふたりきりで。おまえの陰陽師の実力は、陰陽寮ではもう十分有名なのだから、それを周りに改めて見せなくても大丈夫だよ。まあ、そんなことを改めて教えたくて、いまだけわざと為頼を同席させたのだ。――意地悪してすまなかったね」

光栄が片目をつぶり、両手を合わせて謝ると晴明の方がかえって恐縮した。

「いえ、師匠。お心遣い、ありがとうございました」

もう一度、光栄は白い指でつまんで、晴明に大切な唐菓子をあげた。

「いまのおまえでも、並の陰陽師の境地は軽く超えている。しかし、私はおまえを並の陰陽師に仕上げたいと思って、弟子入りを許したわけではないのだよ」

「はい。ありがとうございます」

晴明がもう一度、丁寧に頭を下げている。もう同じ間違いはしないだろう。

光栄が姫のような和やかな表情に変わる。

「ここからが本題だ。今日は晴明の力も貸して欲しくて来た」

「はい、師匠のご指示とあらば、何なりとさせていただきます」

光栄は音を立てて檜扇《ひおうぎ》を閉じると、為頼から聞いた話と、為頼と共に見てきた邸《やしき》の様子とを説明した。貴族の肝試しという出来事に晴明もあきれ顔だった。しかし、別邸へ方違《かたたが》えをしているその貴族のところへ同行して欲しいと光栄が頼めば、断れるものではない。

それからいくつか打ち合わせをして、翌日、その別邸へ三人で行くこととなった。


翌日、相変わらずからりと晴れたよい天気の中、光栄と為頼、晴明の三人は馬に乗って嵐山《あらしやま》にある例の貴族の別邸へ向かっていた。光栄の馬には小狐がついている。

「もうすぐ目的の邸だ。おまえに言われた通りの内容で手紙は出しておいたが、光栄？」

為頼が隣で馬に乗っている光栄にいぶかしげな声をかけた。

光栄は馬上で軽く目を閉じている。眠っているようにも見えた。

深い呼吸が聞こえる。光栄が大きく息を吸うたびに、その身体の周りに砂金のようなものが無数に舞っているように見えて、為頼は目をこすった。

何か声をかけようとした為頼を、晴明が少し硬い声で制する。

「為頼どの、いま師匠はその邸に乗り込むために心を調えています」

「馬から落ちないのですか」

「そのために小狐がいるのです」

邸に着くと、光栄が大きく息を吐いて目を開いた。神がかったような表情で、「行こうか」と小さな声で言う。

檜皮葺《ひわだぶき》の邸の中では件《くだん》の貴族が御簾《みす》の向こうで伏していた。細く丁寧に作られた御簾の向こうの貴族の息づかいが聞こえる。掃除が行き届いた室内はさっぱりしていた。襖《ふすま》は上質の紙が貼られ、畳の青々としたよい香りがする。

「お、お見苦しいところを、申し訳なく……」

くぐもった声が聞こえてきた。光栄は部屋の様子に素早く目を走らせ、そこにある品々も含めて一通り心の眼で視ながら、名乗りを上げる。

「初めてお目にかかります賀茂光栄です」

「え？」と、露骨に怪訝《けげん》な声が御簾の向こうからした。「おぬしが、賀茂光栄？　そちらの壮年の者ではなく？」

「左様にございます」

光の加減で向こうからはこちらが少し見えるようだ。向こうで息を飲む気配がする。

「何という美しい声。ほととぎすよりも好ましい。……はっきり顔が見えぬ。御簾など下ろさないでおくべきだった」

光栄が頭を上げた。神託を受ける巫女《みこ》のような顔つきが楚々《そそ》とした美貌《びぼう》をさらに際立たせている。濃い藤色の狩衣《かりぎぬ》で若々しくも品があり、侵すことができない尊さを感じさせた。

「何かおっしゃいましたか」

「あ、いやいや。何でもない。……為頼どの、これはまことであるか」

「ああ、正真正銘、陰陽頭・賀茂保憲が嫡男の賀茂光栄だ。私の幼なじみなのだから、年の頃は私と同じだろうが」

「そ、そうか」と、動揺したような落胆したような声だった。「それにしても、随分とその、ものすごくきれいな顔をしているように見受ける。私の姉たちよりも美しいだろう。間近で見てみたいものよ」

光栄は怜悧《れいり》な美貌に薄く微笑みを浮かべて黙っている。じっと御簾の向こうを凝視していた。光栄が何も言わないから、晴明も身じろぎひとつしない。

静まりかえった場で、為頼が咳払いをした。

「そういうわけで、私の幼なじみの陰陽師である賀茂光栄を連れてきた。ははは」

他に誰も笑わないので為頼もすぐに笑い止む。

ややあって、御簾の向こうからもったいぶったような声がした。

「失礼いたした。お、陰陽師の名門、賀茂家の光栄どのと言えば、その権能は右に出る者なしと聞いておる。ごほっごほっ。まさか為頼の知り合いであられたとは。ごほっごほっ。こんな遠くまでわざわざ申し訳……」

台詞《せりふ》を最後まで言わせず、光栄が詠《うた》うようないい声でしゃべる。

「竹馬の友である為頼の頼みです。一も二もなく馳《は》せ参じます。しかし、お話の様子では私ひとりでは難しいかも知れないと思い、もうひとり同行させました」

「ああ、それで。もうひとり男がいるわけですな。ごほっごほっ。為頼からの手紙には、光栄どのとふたりで来られると書かれていたのに――」

光栄に促されて、晴明の方も貴族の言葉にかぶせるように挨拶《あいさつ》する。

「陰陽師・安倍晴明と申します。以後お見知りおきを」

「げ。安倍晴明だと……」

「どうかなさいましたか？」

光栄はやや眼を細めている。為頼が横目で光栄を見ていた。

「い、いや。ははは。ちょっと具合が優れませんで」

「だから私をお呼びになったのですから、気に病まれることはありません」

「いや、ま、まさか安倍晴明どのまでお越しいただけるとは」

「晴明のことはご存じでしたか」

「うむ。陰陽寮きっての有名な陰陽師のひとりだと聞いている。何でも鬼神を童のようにいともたやすく調伏し、式神と呼ばれる摩訶不思議《まかふしぎ》な者たちを多数操る、と。さても、為頼どのは晴明どのとも懇意であられたか」

「ご存じで何よりです。為頼は晴明とは無縁です。晴明は私のただの弟子というだけで」

「でで、弟子ぃぃ？」

私と晴明の関係を知らないとは珍しい。どうやら物を知らない坊ちゃんのようだ。

光栄は師の少し斜め後ろに控えている晴明に、ちらりと顔を向けた。

その意味を理解した晴明が、少し前ににじり寄る。

「まずは私、安倍晴明がお話をお伺いしましょう。どのようなお具合であられますか」

「あ、ああー、そうそう。具合。具合が悪いのだ」

「何でも、京外の毀《こぼ》れた邸のご様子を見に行かれたとか」

「そ、そうなのだ。友人たちと連れ立って」

「夜にそのようなところへなど、不用意であられましたな」

「う、うむ……」

晴明が眉根《まゆね》を寄せた。光栄は檜扇を開いて口元を隠して、じっと御簾を見つめている。

「そのようなところには魔のものが潜んでいることもあります」

御簾の向こうで息を飲む気配がした。

「や、やはりそうなのか。それ以来、何かこう、腰回りを冷たい大きな蛇がぐるぐる回っている感じで。ごほっごほっ」

「咳《せき》が出ますか」

「う、うむ。ごほっごほっ。お見苦しいところをかたじけない」

「大蛇の霊が憑《つ》いたのだとすれば、咳は出ませんな」

「そ、そうなのか。あー、咳はもう止まりそうだな。昨夜冷えたからかもしれん」

晴明がしばらく沈黙する。たっぷりと念力を込めた眼差《まなざ》しで御簾を見つめている。

光栄が晴明に顔を向けて意味ありげに何事かささやく。晴明が何度か頷いた。

「肝試しに行かれた邸にはこれまでも何度か行かれたことはありますか」

「い、いや、肝試しなどという軽々なことをしたわけでは」

「肝試しですよね？」

「うむ……」

壮年の晴明の自信に満ちた声に相手が縮こまっているようだ。

「で、これまでにその邸を訪れたことは」

「特にない」

「邸の持ち主について、何かご関係がありますか。聞けば、とある姫の邸だったとか」

「美しい姫らしいという噂だったが会ったことはない」

「まさかと思いますが、その姫に懸想されたとかは？」

「懸想などしておらぬ」

「いや、男が美しい姫を欲することを私は別に咎《とが》めません。幸い、ここには男しかいません。どうですか。本当のところは――」

「……少し期待していた」

「ええっ？　霊となった姿の姫でもよかったのですか。とんだ色好みですな」と晴明が呆《あき》れたような声を出した。

「お、おぬしが『男が美しい姫を欲することを私は別に咎めません』というから、正直に答えたのではないか」

光栄が檜扇で顔に風を送った。為頼が少し吹き出しそうになっている。

晴明は生真面目に続けた。

「蛇の物の怪《け》となると、情欲や男女関係のもつれ、嫉妬《しっと》などが疑わしいのです」

「な、なるほど」

「しかし、直接会ってもいない、縁もない姫への期待だけで寄ってくるとも思えません。よほど派手に情欲の炎をたぎらせて、その邸に臨んでいたなら別ですが」

晴明が冷ややかに指摘すると、御簾の向こうも沈黙する。光栄は、どこか遠い世界を見る表情だった。為頼が怪訝な顔で光栄を見ている。

「あと、考えられますのは」と晴明が困ったような声を出した。「その場所で姫君が飢え死にしていたりすれば、そういう物の怪が──」

「ああ、それかもしれぬ」

「その場合は、餓鬼と呼ばれる、下腹の出た、飢え死にした亡者の物の怪がやってきます。蛇ではありません」

「う、うーん……」と御簾の向こうからうなり声が聞こえる。

「それに姫君は、お調べしたところそのような亡くなり方ではなかったようです」

「…………」

光栄は口を固く引き結んでこのやり取りを聞いていたが、檜扇を閉じて目配せした。

師匠の意を読み取った晴明が、ダメ押しとばかりに慇懃《いんぎん》な態度で宣言した。

「恐れながら、私の知っているどのような物の怪も憑いているようには視えません」

「えっ？」と、御簾の向こうと為頼の声が重なった。

とうとう光栄が、手を打って雅《みやび》に笑った。

「ふふふ。正解、正解。さすが晴明だ。名前を伺っていませんので貴族どのと呼ばせても

「…………」

らいますが、大変でしょうから物の怪が憑いた振りはおやめいただいて結構ですよ」

御簾の向こうでがばりと男が起きる音がした。そのまま御簾をはねのけ、こちらに下りてくる。不健康に太って顔立ちはあまり優れていないが、桜萌黄《もえぎ》の狩衣《かりぎぬ》はかなり手が込んでいた。裏地の濃い二藍《ふたあい》をひらめかせて近づいてくる。裾《すそ》は長く、太刀を鞘《さや》ごと掴《つか》んでいた。焚《た》きしめた香の薫りが、不釣り合いなまでに素晴らしい。

歪《ゆが》んだ烏帽子《えぼし》を直し、顔を青くしたり赤くしたりしながら貴族どのが光栄に詰問した。

「お、おのれ、私を馬鹿にするのか」

しかし、その貴族どのの怒りなどどこ吹く風とばかり、いつもの清げな乙女のごとき表情のまま、光栄が檜扇を差し向けて指摘した。

「為頼、先だっておまえが私に説明した通りだ。貴族どのは肝試しに行って変なものを憑けて帰ってきた。それは間違いないだろう。でも、そんなことは恥ずかしくて言えるわけがない。だからおまえを頼った」

ところが、この貴族どのの誤算は、為頼が頼った陰陽師が賀茂光栄だったことだ。

為頼からの手紙で光栄の名前を見た貴族どのは、当代最強の陰陽師の出現に驚愕《きょうがく》した。自分がとんでもなく馬鹿なことをしてしまったと気づいたのだ。

その動揺に、憑いていた物の怪も逃げ出した。

「そ、そうなのだ。でも、賀茂家の次期当主が直接出てくるなんて話が大きくなってしまって。治りましたとも言えず、引っ込みが付かなくなって……」

「正直に話せばよかったのです。何事も正直が一番ですよ」

「う、うむ……」

そうすれば晴明に下手な芝居を打ってもらう必要もなかったのである。

何か言いたげな為頼を押し止《とど》め、光栄は貴族どのに質問して事の子細を聞き出した。

「さて、ここまで分かっているのですから、とことんしゃべっていただきますよ」

それによると貴族どのの悪友のひとりが、何かの拍子にきれいな字の手紙を持ってきた。

聞けば、この美しい字をしたためた姫君が悲恋の末に京の郊外でひとりひっそりなくなり、いまも夜な夜な在りし日の姿で現れるという。魂となって自らの不幸を嘆きながら夜空を仰ぐその色気は凄《すさ》まじい、とのことでひと目見たいと肝試しをしたのだそうだった。

ちなみに、同行した他の者には何かしらの異常はないらしい。

話を聞いて憤慨したのは為頼だった。

「おまえ、そこまで細かい事情は私にも話していなかったではないか」

「ただでさえいい年して肝試しなどしたのに、美女の霊を一目見たくてなどと言えるか。そんなことをしたら、いかに人の好《よ》さそうなおまえでも相談に乗ってくれまい」

証拠として差し出された手紙を一瞥《いちべつ》した光栄は、貴族どのに向き直った。

「もう一度確認しますが、身体の異常を覚えたものの、昨日の為頼の手紙を読んだら、その具合もよくなった、ということでいいのですね」

光栄が念を押すと、貴族どのはわなわなと震えて立ち上がる。

「畜生っ」と、叫ぶと、漆塗りに細かい装飾の文机《ふづくえ》を蹴飛《けと》ばしてこの場から逃げだそうとした。勢いで、光栄を乱暴に突き飛ばそうとする。

「うわっ」

光栄が避けきれず、貴族どのに肩を弾《はじ》かれてよろめく。檜扇《ひおうぎ》を落とした。

晴明が慌てて光栄の身を支える。

しかし、貴族どのは廊下へ逃げ出すことはできなかった。

「そこまでだ。痴《し》れ者」

いつの間にか立ち上がった為頼が低い声で一喝した。貴族どのの肥満した太い腕を掴んで背中に回し、抑え込んでいる。

「あなや」と貴族どのが呻《うめ》いた。

暴れようとした貴族どのの背中をひと突きし、為頼はその場にうずくまらせる。

「太宰府で鍛えた腕力がこんなところで役に立つとはな。向こうでは武士と一緒に身体を鍛えていたのだよ。私はな、友達に手を上げられて黙ってる人間ではない」

人の好い笑顔のいつもの為頼ではない。精悍《せいかん》な顔に怒りの色を隠そうともしていなかった。容赦なく貴族どのの腕を締め上げる。

「痛い。悪かった。許してくれ」

「謝る相手が違うだろ。光栄にちゃんと謝れ」

光栄が止めに入った。

「為頼、為頼。私は大丈夫だから」

「本当か。顔とか手とか、怪我してないか」

「大丈夫だ」

為頼が光栄の清楚《せいそ》な顔や手などを気づかわしげにじっくり確認している。

「ああ、光栄どの、済まなかった。助けてくれ」

わめいている貴族どのの耳元に、為頼が低い声でささやいた。

「次、変なことをしたら、もっとひどい目に遭わせるからな」

「ひ、ひいいいっ」

為頼が解放すると、貴族どのはその場にへたり込んだ。魂が抜けたような顔をしている。

貴族どのに代わって、為頼が光栄に頭を下げた。

「すまなかった、光栄。とんだことに付き合わせてしまったようだ」

しかし、光栄はほっそりした指を顎《あご》に当てて、物思いに耽《ふけ》る姫のような顔で呟《つぶや》いた。

「いや、そうとも言い切れないかも知れない」

「えっ？」と為頼が聞き返すと、光栄はそれには答えずににっこりといい笑顔になった。

「まあ、せっかくここまで来たのだ。為頼の顔を立てる意味も込めて見せておくか」

光栄は座ったまま背筋を伸ばした。右手を刀印にして、両眼に力を込める。

「臨・兵・闘・者・皆・陣・列・在・前」

縦横に切る刀印の動きに合わせて光の筋が見えた。

最後の一音にあわせて大きく音を立てて右膝《みぎひざ》を立てる。

光栄の全身から貴族どのへ向けて強い風が吹き付けた。

幼なじみの為頼であっても、光栄がこんな大声を出すところは初めて見る。

最後に締めとばかりに柏手《かしわで》をひとつ——。

陰陽師筆頭の秘術を目の前で見せつけられた貴族どのは、柏手の音と共に気を失い、ゆっくりと後ろに倒れていったのだった。

「すまぬ。ちとやり過ぎたかも知れぬ」

そう言って振り返った光栄は、何か言おうとした為頼に、舌を出しておどけて見せた。


貴族どのの配下の武士たちに為頼が事情をうまく言いくるめると、光栄たち三人は来たときと同じように馬にまたがって帰路についた。

邸《やしき》から十分に離れたところで、我慢しきれなくなった為頼が光栄に話しかける。

「光栄、私にはいろいろと分からないところがあるんだが、結局、何だったんだ」

「あの貴族どのは仮病だった。それはそれで良かったのだよ」

「でも、昨日まではおかしかったような話をしていたよな?」

為頼の詰問に光栄が苦笑した。光栄はひょいと水干姿の小狐を持ち上げると自分の前に座らせ、共に馬に乗った。小狐が楽しげに手綱を握っている。

「そう。あの貴族どのにはたしかに物の怪の気配が残っていた。だから祓《はら》った。昨日まで取り憑《つ》かれていたというのもおそらく間違いではない。でも、物の怪そのものに取り憑かれていないことは一目で分かった」

今日、この場に来るまでに光栄は何重かの策を打っていた。

まずは、昨日、陰陽寮での打ち合わせのあと、すぐに為頼に手紙を書かせた。

手紙の内容はごく簡単に、明日、賀茂光栄を連れて行く、という内容である。

次に打った手は、安倍晴明の同行だ。

これを事前に貴族どのに知らせなかったことにも理由がある。

最後に、どうしようもなければ、晴明や光栄が力業で貴族どのに取り憑く物の怪を祓う。

実際には、昨日の手紙で光栄の名前を見た貴族どのが正気に戻ったので、それ以降の手は無駄に終わったわけだが……。

「師匠が準備していた策は、どこで引っかかるかが大事だったのです」

後ろから晴明が口を挟んだ。

「いまの晴明どのの言葉、どういう意味なんだ、光栄」

「おまえの依頼は、突き詰めれば貴族どのから物の怪《け》がいなくなればよかったのだろう」

「うむ」

「だから、まず私の名前を出して反応を見た。今回はそれだけでよかったが、それでだめなら私と晴明が目の前に現れることで、物の怪を恐怖させて追い出そうとしていた。それでも居残り続けるしつこい物の怪なら、情け容赦なく調伏しようとしていた」

「で、今回は光栄の名前を見ただけで物の怪が逃げ出したんだよな？　おまえの名前って霊験あらたかなんだな。ひとつ、紙に書いて家に張っておこうか」

幼なじみの冗談に軽く笑ったものの、光栄は少し深刻そうな顔になった。

「私としては二番目、今日ここに着いて私と晴明が睨《にら》みをきかせることで物の怪が外れてくれるというのが最も望ましい形だった」

「そうだったのか。でも、なぜだい？」

「その筋書きであれば、要するに目の前に陰陽師がふたりも出てきて、自分の存在を脅かしているわけだから、本能として物の怪は逃げたくなるだろう」

それならば、物の怪でも近くに居合わせた力の弱い存在が、肝試しのせいでたまたま取り憑いただけだろうと結論づけられる。

三番目だったら、それなりに大事になっていただろうが、光栄と晴明師弟に勝てる魔はいままでいない。

「でも、実際には一番目、光栄の名前を手紙で見たら物の怪が外れたってことだよな」

為頼の確認に、光栄は指を顎に当てて軽くうつむいた。

「陰陽師の存在を目の前にしたのではなく、私の名前を聞いていなくなる物の怪と言うことは、天然自然のものというより、誰かの意志によるものの可能性が高い」

光栄の言葉だけで分かりにくいところを、晴明が補う。

「師匠が本当に怖がられるのは、物の怪や残された呪《しゅ》を見れば、それが誰の手によって放たれたものかということが分かってしまうからなのです」

過去も実際にこんなことがあった。

ある陰陽師がさる貴族の病気平癒を祈禱《きとう》しながら、実は裏でその敵対勢力から賂《まいない》をもらい、貴族に呪いをかけていた。光栄はその呪から陰陽師を名指しで当ててしまったのだ。

出所の分かった物の怪や呪は、祓うことも容易だが、仕掛けた相手に返すこともできる。

「つまり、光栄の名前を見た物の怪は誰かが意図的に仕掛けたもので、正体を見破られることを嫌って逃げ出した、ということになるんですか」

為頼の言葉に晴明が「その可能性が高い」と頷《うなず》いた。為頼が感心したように息を漏らす。

「太宰府戻りの私には分からない百鬼夜行の世界だ……。あ、でも、そういえばさっきの手紙はたしかに、最近書かれたばかりの新しい手紙なのに、おかしいなとは思ったよ」

為頼が何の気なしに言った言葉に、晴明が驚いたように振り返った。

「おぬし、そのようなことが分かるのですか」

「ええ、まあ……。藤原家の本流のように政治に関われそうにない分、一応、詩歌の道を究めたいと思っているのです。書の美しさや墨や筆といった諸道具についてもいろいろと勉強しました。まあ、過去の歌の名人や書の名筆には遠く及ばないですけど」

為頼が照れながら頭を掻《か》いている。そのやり取りを聞きながら、光栄は懐から、先ほど貴族どのから強奪してきたあの手紙をもう一度まじまじと眺めてみる。

晴明も、光栄が手にしている手紙を覗《のぞ》き込みながら素直に感心していた。

「うーん。私にはそこまで分からなかったけれど、為頼どのに言われてみれば……」

為頼が手を伸ばして指摘してきた。

「紙も品のある物を使っていますよね。しかし、ほら、ここの墨のにじみ具合とか、これは昔書かれた物ではなくて、年代物の墨で最近書かれたときの雰囲気です。手もすごく品がある。あの貴族どのが引っかかったのもあながち責められないかなとは思います」

「そういうものなのですか」

「ええ。例えば書の三聖《さんせい》とも言うべき弘法大師空海や菅原道真公、小野道風《おののとうふう》の書いたものなど目の前にしたら震えるくらいですよ。この手紙、たしかにいい手です。ただ惜しむらくは道具の方が良すぎて負けている。先の三人がこういう墨を使ったら、とんでもない傑作の書ができると思いますよ」

これまでずっと、光栄の専門領域ばかりで手も足も出なかった為頼がうれしそうに話している。やっと自分にもできることが見つかったといわんばかりだ。

「他には気づいたことはありますか」

晴明にそう言われて、為頼が光栄から手紙を借りた。頼られるのがうれしいのか、こみ上げる笑みを抑えつつ、真剣に女の手紙を読んでいる。

「これは、手紙に見えますが、『伊勢物語《いせものがたり》』の一節を下敷きにして書かれていますね」

「ほう。在原業平《ありわらのなりひら》公を元に書かれたのではないかという、あの話ですか」

「『伊勢物語』だと、ある男が東国へ下ることになっていますが、そうは書かずに都の外へ出て行く我が身を嘆く内容になっていますね。まあ、あの邸の姫の逸話とも重なるし、よくできた贋作《がんさく》を作ってみたといったところでしょうか」

「なるほど……」と晴明が頷き、さらに思い切ったように為頼に頭を下げた。「先ほどは、師匠を突き飛ばしたあの貴族どのを懲らしめてくれてありがとう。礼を言います」

晴明からの思わぬ感謝の言葉に、為頼は目を丸くした。

「急にどうしたのですか。晴明どのこそ、とっさに光栄を支えてたではないですか」

「師匠のそばにいたからです。もう少し離れていたら、それもできなかったでしょう」

「私の場合は、太宰府で身体を鍛えるくらいしかありませんでしたから」

「いや、それは謙遜《けんそん》というもの。現にそうして詩歌や書にも才をみせておられる」

為頼が妙な顔で頭を掻く。

「そんなに褒められると、何だか落ち着きませんからやめてください」

晴明も苦笑しながら為頼に言った。

「師匠が昔からの友人という方を紹介されたのは、為頼どのが初めてでした」

「付き合いが古いですからね」

「実は最初、おぬしを見たときにはあまり良い印象は持っていませんでした。失礼ながら我らのように陰陽道の修行をしているわけでもない。また家柄もずば抜けて高いわけでもない。だから師匠のそばにいるには普通すぎると思ったのです」

「まあ、そうでしょうね」と為頼としても笑うよりほかない。「ごく普通の男ですから」

「しかし、私の思い違いでした」

「え？」

聞き返した為頼に、晴明は何も答えず、凜々《りり》しい頬に笑みを浮かべて返した。

そのそばで、光栄は改めて手紙を受け取ってじっと見つめている。

「いや、しかし為頼の話の通りだとすると、これは——違う、のか……？」

「どうした、光栄」

「大丈夫だ、為頼。いずれにしても、物の怪やあやかしを見れば、私にはそれを放った大本まで見抜くことができる。その力があると知っているとなると、犯人は限られてくる」

「そうですな」と晴明が頷き、「誰なんだ」と為頼が怪訝《けげん》な顔をした。

光栄は先ほどの手紙を懐に戻し、代わりにいつもの唐菓子を取り出した。

「あの貴族どのよりも遥《はる》かに私のことを知っている者たちがいる場所となると、最後は一箇所に絞られてきそうなのだが」

そう言って光栄が目線を向けた先にあるのは——内裏。

光栄は楚々《そそ》と微笑みながら、桃色の唇を開いて唐菓子を口の中に入れた。

第二章☆月夜の怪鳥

「おいおいおいおいっ」

為頼《ためより》が血相を変えて、光栄《みつよし》の邸《やしき》に飛び込んできたのは、例の貴族どのの件から一ヵ月程経った日だった。

雨が降っていて童たちが遊びにこないので、光栄は柱にもたれて座りながら静かに外を眺めている。しとしとと降る雨は、ずっと同じように見えながらもひとつも同じ雨粒はなくて、見ていて飽きなかった。まるで物思う美姫《びき》の面立ちである。今日は白い狩衣《かりぎぬ》を纏《まと》っていて、雨の中でしっとりと美しい。たまに光栄が動くと、白地ながら小紋がちりばめられているのが分かる。緩く着崩しているように見えて、計算されていた。

雨の湿気で装束の薫香がいつもよりも深く強く漂い、光栄の美貌《びぼう》に趣を添えている。

しかし、この何気ない姿が実は修行なのだ。心を静めることで得られる力が法力を生み、調伏に力を与える。心の平静は陰陽師《おんみょうじ》の修行の入り口であり出口なのだ。

そこへ為頼の絶叫である。

「わわっ、為頼さま、そんなに慌てては――」

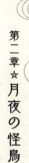

小狐《こぎつね》の慌てた声と転んだような音がした。廊下を走る音と共に、為頼の大声が聞こえる。

「おい、光栄っ」

静寂のひとときを見事に壊してくれたわけだが、ここまで騒々しいとかえって清々《すがすが》しい。

とはいえ、うちの小狐を転ばせたことへの、ちょっとした罰は受けてもらおう——。

「やあ、為頼。先日の賀茂《かも》神社の祭りは楽しかったか」

光栄が白い花のような笑顔を向けると、為頼が烏帽子《えぼし》の乱れを直して律儀に礼を言った。

「ああ、ありがとう。賀茂神社と賀茂《かも》家、考えてみれば深いつながりがあるのは当然だよな。まさかあんな場所で行列を見ることができるとは思わなかった」

賀茂神社に祀《まつ》られている神は賀茂家の祭神でもある。祭りの行列と賀茂家の縁はあまりないが、神職の知り合いはいる。光栄はその伝手《つて》に頼んで、貴族が牛車《ぎっしゃ》で場所取りをするところとは別の場所を確保してくれたのだった。

「舞台裏みたいな場所だったが、間近ではあったろう。昔と違っていまは私もそれなりに顔が知れているからな。多少は融通が利く」

「祭りの行列をじっくり見ることができて、弟や妹たちも喜んでいたよ。他の貴族たちの牛車から覗く出衣《いだしぎぬ》も鮮やかだった。ああ、それにしても禊《みそ》ぎを済ませた斎王の衣の美しさ、そばにいた命婦たちのあでやかな衣は本当に上品ですばらしかった」

祭りの素晴らしさを振り返り、為頼はうっとりしている。光栄は、「喜んでもらえてよかった」と形のよい顎《あご》で品良く頷いたが、為頼が我に返って慌てた声を出す。

「それはそれとしてだ。光栄、大変なことになったぞ」

「どうした」と、柱に寄りかかったまま光栄が檜扇《ひおうぎ》で口元を覆い、穏やかに問うた。

「右大臣さまから呼び出しだ」

「右大臣……誰だったかな」

「いまをときめく右大臣・藤原師輔《ふじわらのもろすけ》さまだよ。覚えておけよ。その右大臣さまが私とおまえを呼び出されたのだよ。何をしたろう？　何もしてないよな？　しかも光栄と一緒に参上せよとのお召しだ。全然心当たりがないぞ」

檜扇を振り回すようにしながら、為頼が口から唾《つば》を飛ばしていた。

「まあ、落ち着け。右大臣とはいえ、相手はおまえと同じ藤原家。いわば親戚筋《しんせき》。たまには親戚の挨拶《あいさつ》くらいあるだろう」

大慌てしている為頼の背後から、なだめるような光栄の声がする。

「何言ってるんだ。同じ藤原氏とはいえ、あちらは右大臣、私は地方から帰ってきたばかりの若僧。雲泥の差とはこのこと……って、え？」

為頼が振り返ると、そこにも光栄が立っていた。

目の前にも、柱にもたれて座っている光栄がいる。

「え？　え？　光栄が、ふたりいる？」

「ふふふ」とふたりの光栄が、優しげに声を合わせて笑った。

背後にいた方の光栄が右手の指を弾《はじ》く。

その音がきっかけとなって、柱に寄りかかっていた光栄の姿が溶けるように消える。

柱のそばには白い紙でできた人形《ひとがた》が一枚あるだけ。

「光栄――？」

人形と光栄を何度も見比べて、為頼が口を池の鯉のようにぱくぱくしている。

「為頼、をかしの顔をするな。式神だよ。私もおまえも、その右大臣とやらも、目はふたつ鼻ひとつで口もひとつ。どこが違っているというのだ」

という光栄の声が、今度は為頼が入ってきた廊下の方からした。

「さ、三人目――」

廊下から光栄が歩いてくる。転んでおでこを打った小狐のみずら頭をさすってやりながら、光栄が居間に入ってきた。

「かわいそうに。おでこを打って涙目になっている」

小狐が光栄の狩衣にひしっと掴《つか》まっている。

「あ、すまなかった……」と為頼が小さな声で謝った。

三人目の光栄が、ふっと息を吹くと二人目の光栄も人形になってしまった。

「嘘だろ……」

「さっき二人目の私が『式神だよ』と正体を明かしていたではないか。この私は本物だから安心していい。──小狐、すまないが水を持ってきてくれ」

目を拭《ふ》いて洟《はな》を啜《すす》った小狐が「はい」と頷《うなず》いて奥へ下がった。

光栄は二枚の人形を拾って懐にしまうと、改めて柱にもたれるように座った。

「陰陽師というのはこんなこともできるのか」

「まあな。うちのかわいい小狐を転ばせた罰でちょっと脅かしたのだが、どうだ、為頼」

「何がだ」

「人間は同時にふたつのことを考えることはできない。さっきまでおまえは右大臣とやらのことで血相を変えていたが、祭りのことを考えたり、私の式神を見て驚愕《きょうがく》したら、そっちに気を取られて右大臣のことについては少し気持ちが離れているのではないか」

「そういえば……そうだな」

小狐が光栄と為頼に水を持ってきた。機嫌は直っているようだ。

水を飲みながら、光栄が口を開く。

「あの貴族どのの件から一カ月か。思ったよりも時間がかかったな」

「右大臣さまの呼び出し、何か心当たりがあるのか」

「先日の貴族どのが親に泣きついたのだろう。右大臣もとんだどら息子を持って大変だ」

光栄がゆっくりと杯の水を飲み干す時間をかけて、為頼が光栄の言葉を理解した。

理解した途端に、またすっとんきょうな声を上げた。

「あやつが？　右大臣さまの息子？　冗談だろ？　私と同じ藤原家の傍流の三男坊だって言ってたのだぞ？　それより何より、私はあやつを締め上げてしまったのだぞ？」

秘密にしていた貴族どのの素性まで口走ってしまい、為頼がしまったという顔をした。

この期に及んで、相変わらずこやつは人がいい。

「いくら困っている相手だからとはいえ、為頼は物の怪《け》やあやかしものを半ば信じていなかったのだろ？　なのに初対面の人物の怪しげな願い事を聞いてやろうとしたのだ。たぶん、同じ藤原家のよしみか、ものすごく高位の家柄の人間のごり押しか、どちらかだろうと当たりはつけていた。だが、貴族どのに対する当日のおまえの態度を見て、藤原家の人間なのだろうとほぼ確信していた」

「すごいな、おまえ」と為頼が舌を巻いた。

「しかし、居間の調度品はどれひとつ取っても生半《なまなか》な品ではなかった」

「そうだったか？」

「御簾《みす》は姿を隠すけれども薄く作られていて、向こうの貴族どのの息づかいも聞こえるほどだった。畳や襖《ふすま》は新品同様で清々しい。文机《ふづくえ》は赤や黒の漆に金の装飾までされていただろう？　衣裳《いしょう》に焚《た》きしめられた香はあの程度の男にしては素晴らしすぎていた。あそこまでのものを揃えられるのは、藤原一門でもほんの一握りだろう」

「そんなにすごい高級品ばっかりだったのか。何か珍しそうだなとは思ったけど、私の趣味ではないなと思ってあまり気にはとめなかった……」

「墨についてはあんなに詳しいのに、調度品の類《たぐい》には詳しくないのだな」

「う、うむ……」

「あれだけの調度品を揃えられて、しかも私と安倍晴明《あべのせいめい》の名前と怖さも知っていた。となればほぼ確定だ。あの貴族どのにおまえが普通の態度を取っていたのが不思議だったが、なるほどおまえにまで身分を偽っていたのか。まあ、身分を偽っていたあの貴族どのも貴族どのだが、為頼も為頼だ」

「…………」

光栄は天女のような汚れのない瞳《ひとみ》で為頼の顔をしげしげと見つめた。

「おまえ、そんなお人好《よ》しでよく政治の世界にいられるな」

「……やはり私には詩歌の世界が一番いい。小狐、水をくれ」

もう誰も信じられぬとばかりに為頼がしょげている。光栄は檜扇で口元を隠して笑った。

かくして、光栄と為頼は、右大臣・藤原師輔の邸に行くことになった。

雨の日の外出は億劫《おっくう》なので、「日がよくない」といかにも陰陽師らしい文句をつけて、晴れになるまでは延期させたけれども……。

藤原師輔の邸は都の九条《くじょう》にあった。そのため、師輔は別名、九条どのとか九条右大臣などと呼ばれている。

ちなみに藤原氏ではない賀茂家の邸の方が為頼の家よりも少し大内裏に近い。これは家柄よりも、光栄の父・賀茂保憲《やすのり》と祖父・賀茂忠行《ただゆき》の力によるものが大きい。陰陽師の仕事柄、内裏や陰陽寮《おんみょうりょう》への出仕がすばやくできるようにしているのだった。

今日は歩きだが、小狐がそばについてきている。

右大臣として権勢を振るっている藤原師輔の邸を前にして、すでに為頼が興奮していた。

「さすがに師輔さまの邸は大きいな」

堂々たる檜皮葺《ひわだぶき》の屋根の邸はまごうことなく寝殿造だ。一町四方を塗塀で囲まれているので、中の様子はうかがい知れない。しかし、塀の上から覗《のぞ》く建物の屋根も、実に手が行き届いている。

「どんなに大きな邸に住んでも、死んで常世に持って行けるわけでもない」

「でも一度こういう所に住んでみたいと思わないか」

「はしゃぐな、為頼。おまえはむしろあの貴族どのに騙《だま》されて利用された側なんだぞ」

「あ、そうだったな。……しかも、貴族どのを締め上げた加害者でもあったな。光栄に手を上げたことは許しがたいし、それ自体はいいんだけど、何かなぁ」

為頼がぶつぶつ言っている。まあ、人が好いのが長所でもあり、短所でもあり……。

ふたりは母屋に通された。小狐はあくまでも光栄の従者だから外で待つ。

母屋には一間ごとに庇《ひさし》がついていて、さらに簀子《すのこ》と濡《ぬ》れ縁がついていた。

その母屋の東側三間、昼の御座に正二位・右大臣、藤原師輔が座っている。

顔をまともに見る余裕もなく、為頼が潰《つぶ》れるように拝跪《はいき》した。

「藤原為頼にございます」

声がひっくり返っていた。為頼のことだ。きっとまた、をかしの顔をしているのだろう。

光栄は為頼の斜め後ろに座り、ゆったりとした所作で礼をした。

「陰陽師・賀茂光栄にございます」

礼をしながら、主座にいる師輔を観察することは忘れない。

浅黒い肌色をした男だった。相好を崩しているが、目が笑っていない。男ぶりの良さでは、同じ中年でも弟子の晴明の方が上だと光栄は思った。

とはいえ、晴明が持っていないものを目の前の男は持っている。

権力である。

娘を何人も入内《じゅだい》させ、特に長女の安子《あんし》はいまの帝が東宮《とうぐう》の時代から入内させている。この安子は現在の東宮の生母であり、中宮《ちゅうぐう》となっている。師輔は東宮の外戚《がいせき》として、帝を助けながら現在の政治を実質的に取り仕切っていた。

艶福家《えんぷくか》としても知られている。正妻以外に何人も妻がいるうえに、臣籍として初めて内親王を妻として迎えた。それもひとりではない。結果的に、男十二人、女八人の子に恵まれている。権力の現場で鍛えられた凄《すご》みが、ある種の男の魅力になっているのだろう。もちろん、生来の性質として、師輔自身が色好みであることは間違いないだろうが……。

光栄と為頼が頭を下げていると、やや高めの声がした。

「藤原師輔だ。今日は呼び立ててすまなかった」

見た目よりも随分若い声だった。押しつぶされるように平伏していた為頼が思わず少し顔を上げてしまったくらいだ。

光栄はすでに顔を上げている。光栄の顔を一瞥《いちべつ》した師輔が「ほう、これは……」と小声で呟《つぶや》いていた。やや目を細めて頰を崩し、光栄の顔を品定めするようにしている。

右大臣師輔は、地紋を織り出した布地に、さらに小さな丸紋を品良くちりばめた二陪織《ふたえおり》の薄紫の狩衣を着ている。位に相応《ふさわ》しい堂々とした装束だった。

「ほ、本日は、いかなる御用向きにて――」

相変わらず緊張した声色の為頼が尋ねた。右大臣が怖いのか。それとも東宮の外戚であることが気になるのか。あるいは単純に、藤原家内部の家格の問題だろうか。

「実はおぬしらに謝らねばならぬことがあってな」

脇息《きょうそく》に肘《ひじ》をついて上体をくつろがせながら、師輔が口を開いた。笑顔を作り、ゆっくりしゃべっているが、重々しく見せるようにいろいろと努力しているのだろう。

「右大臣さまが我らに謝罪なさるようなことなど……」

「先日、おぬしらに物の怪のことで相談した若い貴族がいただろう。まことに心苦しいことであるが、あの者は私の息子のひとりでな」

「何と。左様でございましたか」

為頼がとんでもない棒読みで驚きの声を上げ、光栄は身体を硬くした。師輔が息子のことを言ってきたら、知らなかったと驚いてやれとは言ったのだが、あまりにもひどい。

こうして見ると師輔とあの貴族どのとはあまり似ていない。だから、貴族どのを見て為頼に気づけというのは難しかったかもしれない。色好みの所は似ているが……。

巫女《みこ》の如き楚々《そそ》たる顔で、光栄は静かに控えていた。

「とても素晴らしい陰陽師を紹介してもらったと言っていたが、まさか賀茂家の御嫡男であったとは。私も驚いた」

言葉とは裏腹に師輔はまるで驚いていない。事前に、貴族どのから聞いていたのだろう。

「賀茂光栄と私とは幼少の頃からの友人で……」

「ほう。おふたりは幼なじみか。ならば、為頼どのも何かと心強いことであろう」

「え、ああ、はい――」

すでに知っていることを知らない振りをして会話する腕なら、師輔の方が明らかに上のようだ。光栄は、狩衣《かりぎぬ》の袖《そで》の中で静かに檜扇《ひおうぎ》をもてあそんでいる。

師輔は片手を上げて為頼に答えると、口元をゆがめながら話しかけてきた。

「藤原為頼どのはなかなかいい友人を持っておられる。人付き合いは大切だからな。先のある身はなおさらだ」

「は、はい――」

「そう言えば、息子からおぬしに腕を締め上げられたと聞いたが、まことか」

「……はい」

為頼は顔面蒼白《そうはく》だろう。冷や汗がしたたり落ちる音まで聞こえそうだ。

「まあ、事情を聞いてみれば、非は我が息子の方にあったようであるし、むしろよい灸《きゅう》を据えてくれた。はっはっは」

師輔はわざとらしく笑い声を上げてみせた。話したり笑ったりするたびに頭を後ろに軽くそらせている。為頼は「はあ」と答えたきり。師輔に飲み込まれていた。

「聞くところによれば、為頼どのは詩歌の才がおありだとか。今度、宮中で私の知り合いで歌詠みの会を催すのだが、一度いかがかな」

「ほ、本当ですか」

宮中の歌会など、太宰府《だざいふ》から戻ってきたばかりの無名役人には夢のような話である。

「きっと家柄なのだろうな。私と同じ藤原北家《ほっけ》の流れで、為頼どのの家系からきっと素晴らしい歌人が生まれるだろうと思っていたが、おぬしのことかもしれぬ」

「は、はあ――」

自分の父親よりも年かさかも知れない右大臣から手放しで褒められて、為頼は照れ笑いを浮かべている。光栄は黙って成り行きを見守っていた。

「ただ何事も専心、精進してこそものになるというもの。よければこれからはこの邸《やしき》に通ってさまざまな歌人の手ほどきを受けてみてはどうかな」

「はい」

為頼め、まんまと籠絡《ろうらく》されようとしている……。

そのとき、師輔が笑いを顔にはりつけたまま、光栄の方に視線を向けた。

「賀茂光栄どのにも世話になったな」

「はい」

師輔は相変わらずの顔で続けた。

「賀茂光栄どのは、何でも陰陽頭《おんみようのかみ》である御父上よりも優れた力を持っていると聞いている。これまで縁なく会うことはなかったが、今日会えたのも何かの縁。過日は正体を明かさない貴族相手でやりにくかったであろうな」

「人の縁とはそのようなものでしょう」

光栄がつれない姫のように言う。為頼が目を白黒させてこちらを見ていた。

その視線に気づいているが、光栄は反応しない。

さっきも言った通り、騙されて利用されたのはこちらなのだ。

師輔とて、謝ると言っているのである。謝らせておけばいいのだ。

とはいっても、右大臣はまるで謝っている感じではないが……。

「はっはっは。光栄どのはまだまだお若いようなのであまり知らないかもしれないな。陰陽師も役人である以上、よい仕事をするためにはつながりが大事なのだよ。どのような貴族とどのくらいの関係を結ぶかということだ。いまの世の中、藤原家とのつながりはいくらあっても多すぎることはない」

「…………」

「光栄どのはあまり貴族と個人的なつながりを持ちたがらないそうだが、それは賢い」

直前の言葉の反対のようなことを師輔が言った。

「…………？」

しかし、続く言葉に光栄は思わず檜扇で口元を隠しそうになった。

「下々の貴族とつるんだところで小間使いにされるのが落ちだ。陰陽師の本当の力を発揮する場面もなく、夢の出来事や庭で鳴いた鳥のことを毎日毎日占わされておしまい。そんなことではどうして己の名を知らしめることができるものか。われわれ藤原家のような大きな家に近づいてこそ大きな仕事ができる。大がかりな祈禱《きとう》もこなせて、陰陽師の名も上がり、ますます大きな仕事を任されるというもの」

要するに、右大臣自らが専任の陰陽師にならないかと誘っているのだ。

「この若輩の光栄にそのような大任は……」と恐縮したふりをする。あとで陰陽寮に手を回して、安倍晴明を推挙させよう。家柄が高くないため出世が遅れているが、自分を除いてあの弟子以上に陰陽道に通じている人間はいない。

「――若いな」と、光栄の答えを師輔が見下すような色で笑う。

権勢家の立場から見ればそうなのだろう。大きな力を持つ者に近づき、関係を深め、実績を積みながら、大きな仕事をもぎ取っていく。それが男子一生の目標なのだろう。

だが、ここにいるのは、賀茂光栄なのである。

こういう権力者を前にすると、光栄の心には言い知れぬ思いがこみ上げるのだ。


いまから九年ほど前、都で疫病が流行《はや》った。

風邪のような症状がでるが熱が下がらず、やがて全身に湿疹《しっしん》が出る。かかった者は意識がもうろうとなり、死にいたる者も多かった。元服してすぐの光栄も、才能を買われ、疫病を鎮めるための祈禱《きとう》導師団の副導師を務めていた。

帝とその周辺を、密教僧たちと力を合わせて何重もの結界でお守り申し上げると共に、時間を作っては個々の病人の祓《はら》いも行った。

疫病に苦しむのは男女も老若の区別も、貴賤もない。しかし、光栄は陰陽寮に属するれっきとした役人でもある。貴族からの病念撃退祈禱の依頼を無視することはできなかった。しかも、疫病に乗じて政敵を呪殺《じゅさつ》しようと子飼いの陰陽師《おんみょうじ》に命じる愚か者もいた。それらの念返しも疫病祓いと共に行わなければいけない。

そして、光栄の祈禱の力は群を抜いていたのだ。

宮中から下げてもらえない。

その間に、そうした貴族たちよりも先に、重症で体力がない童や女童《めのわらわ》たち、祈禱を頼む術《すべ》のない程度の貴族や庶民たちが、ぽろぽろと死んでいった——。

いま、その光栄は右大臣に対して口元をゆがめていた。

「なるほど、私は若く、世の習いが抜けているところもあるかもしれません。しかし、右大臣さまも二十人もご子弟がいれば、六男あたりは気が抜けたのかもしれませんな」

軽い反撃だったが、初めて右大臣の笑顔が固まった。

「なぜ——」分かったのか、と言いかけた師輔の先を光栄が続けた。

「年齢的なものもありますが、調度品が豪華すぎました」

師輔がかすかに眉《まゆ》を寄せた。

「——続けよ」

「おそらくかなり甘やかされている。でも、それは心情的に満たされていないから、物品をねだることで父親の情を確認しているのでしょう。内親王殿下との間にできた年若いお子さまたちにさすがに右大臣さまがそのような扱いをするとは思えない。とすれば、その下のご子弟で父の情愛を奪われたと思っている、少し年上の兄に当たるあたり。奥方さまたちの順位から言っても六男あたりがいちばんあやしい」

そんなふうに心が未熟に育ったから、いい年をして肝試しなんてしたのだろう。ひたすら正体を偽り続ける往生際の悪さも、そういう人物ならある程度の説明はつく。

そばで聞いている為頼が真っ青な顔になっていた。師輔の機嫌を損ねることを恐れているようだ。しかし、光栄はその流麗な顔をまっすぐ師輔に向けて怯《ひる》むところがない。

師輔は一度寄せた眉を解いて、笑い声を上げた
「はっはっは。なるほど、たしかに優れた陰陽師であるようだ。しかし、残念だな。先ほどから教えているように、おぬしは現実を知らない」

「現実とは？」

「陰陽寮は中務省《なかつかさしょう》の一部門だったたな。少し人数が多いのではないか？　なにぶん民の負担を減らすために、われわれ貴族が範を示して、役人の数を減らすことも大事だ。おぬしのような女童の如き顔の者には厳しい仕事なのかもしれぬな」

師輔は今度は人事権をちらつかせてきた。もはや恫喝《どうかつ》である。意外と早い。権力者ぶっ

ているが、肝は小さい男なのかも知れない。仮にそんな脅しに光栄が屈して師輔に仕えるようになったとして、それで何になるのだろう。

光栄は、夢見る姫のようにうっすらと微笑みながら答えた。

「あなたがどれほどの権勢を誇っていても、しょせんはこの世の権勢。聖徳太子《しょうとくたいし》もかつて御遺言として『世間虚仮《せけんこけ》・唯仏是真《ゆいぶつぜしん》』と残されました。私も陰陽師として、八百万《やおよろず》の神々をお相手させていただいているのです」

すぐ後ろで為頼が息を飲んでいる。「おまえ、罷免されたらどうするんだ」と小声で訴えていた。光栄はその声にかすかに振り向き、かすかに唇をほころばせた。

陰陽師の地位にあるから陰陽師なのではなく、陰陽師として修行を積んで人助けをするから陰陽師なのだ。現実に陰陽師の業を在野でも行う法師《ほっし》陰陽師も多い。彼らの中には貴族に仕えている者もいて、黙認されているのが現状だ。

それに、光栄自身、地位や恩給が目当てで陰陽師をやっているわけではない。

人は大切に想っているものを奪われようとするときに、恐怖を覚える。恐怖は心を揺らし、心の主の座を自分自身から他のものに委《ゆだ》ねてしまう。

師輔は陰陽師の地位を奪うことをちらつかせることで、光栄を恐怖させようとしたのかもしれない。おそらく、師輔自身が、いまの地位を奪われるとしたら恐怖するからだろう。だから光栄も同じだと思った。

しかし、光栄は顔色ひとつ変えずに相対している。

右大臣・師輔の顔から笑みが消えた。色黒の肌に怒気がこもり、赤黒く見える。

そのとき、為頼が大慌てで師輔の機嫌を取り持とうと声を張った。

「光栄は右大臣さまのようなお方の前に出るのは初めてですので、言葉遣いが分かっておりません。お気に障られましたら、平にお許しを」

右大臣よりももっと高い位の尊いお方のためのご祈禱を何度もしたこともあるが、黙っていた。そんなことを言ったらなおさら揉《も》めるくらいのことは、光栄にも分かる。

とはいえ、この感じだと、為頼は右大臣にまだ期待しているのかも知れない。

ひょっとしたら今回の件でうまく縁がついて、自分も出世できたらいいなとは、やはり普通なら期待するのだろう。

為頼の声に師輔はまなじりを吊《つ》り上げた。自分の言うことが通じる者には、強く出られるものである。

「黙れ、同じ藤原氏のよしみで甘い顔をしていれば、したり顔で私に指図するか」

「いえ、私はそのような意図は毛頭――」

「為頼、やめよ」と光栄が鋭く言った。

光栄の声に、師輔が悪意を込めた笑顔を差し向けた。

「いくら力があると言ってもしょせん陰陽師。おまえたちがいくら祈禱をしようと現実に政を行い、人を任じ、税を取り立てるのは我ら藤原家の一族だ。それも、そこにいる名字ばかりで時流に取り残された分家の者ではなく、この師輔の一族である。その才を惜しんで手を差し伸べてやれば、犬っころのように無礼を働くとは無知にも程があるな」

家のことを悪く言われ、為頼が身を固くした。

光栄が檜扇《ひおうぎ》で口元を隠す。帝を支える右大臣の人となりに多少なりとも興味はあったが、もういいだろう。この程度の人物が政を行うとは怒りを通り越して、悲しくなってくる。

光栄に対してのみであれば、まだ何とでもあしらえる。むしろ師輔が怒ってくれて、光栄をあきらめてくれれば本望である。仮に激昂《げきこう》した気持ちが収まらず、どこかの陰陽師に光栄を呪うように依頼してきたらばこっちのものである。呪詛《じゅそ》返しは得意中の得意なのだ。

しかし――。

「恐れながら申し上げます」と光栄は心持ち目を細めて微笑みを浮かべた。

ゆらりと上体を動かし、光栄は改めて背をまっすぐにする。天上の美貌《びぼう》に氷雪の峻厳《しゅんげん》さが加わった。

それに気づかない師輔は、もはや愛想笑いを浮かべる気もないのか、不機嫌そのものの顔で短く言った。

「黙れ」

「黙りません」

師輔が閉じたままの自分の檜扇で蠅《はえ》を追い払うような手つきと顔になる。

「黙れと言っている」

光栄は微笑んだまま上体をまっすぐにして、右大臣を見返した。

「私の記憶が正しければ、右大臣さまとは今日が初対面。対してこの為頼は幼少からの友。その友を家柄云々《うんぬん》とあげつらうなら、この光栄、金輪際、あなたさまと妻子のみなさま方を一切お守りしませんが……それでもよろしいか」

為頼がまた光栄に振り向いた。その目には驚きの色が宿っている。

驚いていたのは為頼だけではない。右大臣・師輔もとっさに二の句が継げないでいた。

「ぐっ……」

光栄はことさらに珠のような美貌に笑顔を作った。

「今日お会いした最初に、あなたさまは私たちに謝罪したいとおっしゃった。ところが実際には、為頼を歌会に誘ったり、私を自分の為に働かせようとしたり。それがうまく行かなくなると今度は私を陰陽寮から追い出す算段をちらつかせてみたり」

「…………」

「こちらはあなたさまの馬鹿息子に利用されたいわば被害者です。なるほど、あの馬鹿息子の腕を締め上げましたが、あなたさまの言う通り、非はそちら。この点でも被害者はこちら。不本意だろうと何だろうと、きちんと頭を下げて謝罪しなさいよ」

言葉を雑にする。目に力を込める。

本当はここまでする気はなかった。しかし、為頼が家柄のことで傷つけられて黙っているほどには、自分の心は枯れてはいない。ましてや、先日、自分を守ってくれた為頼なのだ。やり返さないわけにいかない。

師輔の顔色が赤黒くなり、眉間《みけん》に皺《しわ》が寄っている。

「言いたいことはそれだけか」

「ここまで言われてもあなたさまは私と為頼に『出ていけ』とは言わない。それはあなたさまには私たちに出ていって欲しくない理由があるからでしょう」

師輔の浅黒い顔色が、それと分かるほどにさっと青ざめた。檜扇の端を嚙《か》んでいる。

光栄は穏やかな表情のまま、視線は動かさない。

「おまえの代わりなどいくらでもいる。陰陽道を聞きかじった程度の小僧が」

「さて、どうでしょうか。あなたさまは自分でも言っていたではないですか。『これまで縁なく会うことはなかった』と。私はあまり表に出ない陰陽師ですから。今回の件で私に接触できるようになったのは、本当は渡りに舟だったのではないのですか」

「…………」

「否定なさいませんか。そうでしょう。あなたさまの暦と星を読むに、いま怪しげな影が見えますから」

師輔の頬がひくついた。内容が内容なだけに、思わず為頼が口を挟んだ。

「おまえ、滅多なことを言うものではないぞ」

光栄の言葉は、はったりではない。

師輔の邸《やしき》に来るのを一日遅らせたのはただの怠慢ではなく、師輔のことを徹底的に調べ上げる時間が欲しかったからなのだ。

光栄が持てる力を駆使して式盤を操り、九条右大臣師輔の暦と星の巡りを読んだ結論が、凶の影なのであった。

「事実は事実。真実は真実。で、どうしますか？　右大臣の権力で自分の暦を清めますか。民から税を取り立てる力で、よい星の力を引き寄せますか。役人を任免する力でもいいかもしれませんね。それとも——私に頭を下げて頼みますか」

師輔が引きつった顔で光栄を睥睨《へいげい》している。

為頼が声を潜めて尋ねてきた。

「おまえ、いま言ったことはほんとうなのか」

「何事も繁栄のときがあれば衰退のときがある。栄枯盛衰は世の常。珍しいことはない」

「ただの一般論ではないのか」

「そうではない。私たち陰陽師は時の女神の心を読む。時の女神に愛されているときには人間は実力以上の成果を挙げることができる。しかし、仮にその女神が機嫌を損ねているときはどんなに努力してもうまく行かない。ならば、時が巡ってくるまで力を蓄えることも人生に勝利する秘訣《ひけつ》さ」

「……私にはさっぱりだ」

この暦道こそ、光栄が最も得意としていることだった。

光栄ほどの陰陽師ともなれば、暦を読み込むことで運命を読むことができる。

しかし、それはいくつかの点で確定ではない。

小さすぎる出来事の場合、運命に与える影響はほとんどないことだってある。

例えば、夕食の献立などはたいていの場合、何を選んでも人生に差は出ないだろう。

大きな運命の流れでも確定できない要素は存在する。

例えれば、運命とは川の流れのようなもの。

高いところから川を見下ろすことができれば、どこで川が曲がり、急流となっているか、滝があったり、浅瀬になっているのかは手に取るように分かる。

川下りの名人から見れば、どこが難所か、気をつけるべきことは何かはすぐに分かる。

しかし、そのような助言があっても実際にその急流を乗り越えられるかは、川下りをしている本人の力量によって差は出てくる。

だから、光栄がどれほど深く丁寧に暦を読んでも、運命を切り開ける者と運命の荒波を越えられない者が出てしまうのだ。

時の流れの中で、光と影、陽と陰が交互に出てくる。そこで勝負どころ、引きどころを見極め、勝利の方程式を作り上げる。それが暦道の奥義なのである。

悪しき運命を予言するだけではない。凶を捨てて吉を取るということを積み重ねることで、不幸を最小化し、幸福を最大化する。その方法を誰にでも実践できる形で作り上げることが陰陽道である。物忌みや方違《かたたが》えなどもそうして生まれたのだった。

師輔は相変わらずこちらを睨《にら》んでいる。

光栄も動かない。

師輔はまだ悩んでいた。

悩んでいるということは、不本意ながら結論は決まっているということだろう。

「……ここまでの無礼を帳消しにするため、おまえに活躍の機会を与えてやってもいい」

権力者としての師輔には用はないが、救いを必要とするのならば、光栄は動く。

とても人にものを頼んでいる言い方ではないが。

立場を分かっていないのだろうか？　いや、右大臣の立場に固執しているからこう言う言い方になるのか……。立場など、死ねば何の意味もないのに。それよりも、僧たちが説くように、慎ましくとも穏やかな心で日々に善行を積む方が、来世での報いはよかろうに……。こんな頑《かたく》なな心になるなら、やはり貴族社会で出世などするものではない――。

為頼がおろおろと師輔と光栄を見比べていた。

相変わらず、光栄は歌を考えている姫のような顔で黙っている。

「……………」

師輔が唾《つば》を飲み下して喉《のど》を励ました。

「お互いに不幸な誤解があったようだが、この国のために力を貸してくれまいか」

「……………」

相変わらず光栄は黙っている。為頼が、をかしの顔になっているが、まだ口を開かない。

「ぐ、ぐ……」

師輔の顔色がまた赤くなったり青くなったりしている。

と、為頼がぐるりとこちらに振り向いた。

「光栄、もういいではないか」

突然の為頼の闖入《ちんにゅう》に、光栄は苦笑を漏らした。

「何がもういいのだ。帰るか」

「そうではないっ。右大臣さまを愚弄《ぐろう》するのもほどほどにしろ」

「おいおい。家柄のことでおまえを先に愚弄してきたのはあちらだぞ」

「うっ。……しかし、困っているのだと分かっているのなら、助けてやれよ」

「……おまえ、いくら何でも人が好《よ》すぎないか」

光栄はちらりと師輔の顔色を窺《うかが》った。師輔は憮然《ぶぜん》とした顔で脇息《きょうそく》に寄りかかっていたが、光栄と目線が合うと睨んできた。

右大臣の睨みに為頼が困ったような顔になった。

「な、光栄。ここはひとつ私のためだと思って」

両手を合わせた為頼を見ていたら、思わず吹いてしまった。

光栄が音を立てて檜扇を閉じる。

「藤原氏の御曹司の頼みなら、聞かざるを得ないな。右大臣さま、よかったですな。同族に素晴らしい人材がいて」

ここで怒りを爆発させるほど、師輔は器の小さい男ではなかった。

「感謝するぞ、為頼どの。それと私の六男のしでかしたことは謝ろう。すまなかった」

後半は明らかに付け足しで誠意のかけらも感じない。

少なくともこれで、師輔がまともな神経の持ち主なら、光栄を自分の私的な陰陽師として雇いたいなどという軽挙妄動は捨ててくれるだろう。

光栄は為頼にいたずらっぽく小声で呟《つぶや》いた。

「おい、この貸しは大きいぞ？」

「また甘い菓子を持っていくから許してくれ。貸しだけに」

「ふふ。相変わらずおまえは、をかしの奴よ」

光栄はまんざら冗談でもなく、楽しげに微笑んで見せた。

そして、師輔が低い声で話し始め、光栄たちは聞くこととなった。

満月の夜に現れた恐るべき物の怪《け》のことを——。


その日、右大臣・藤原師輔は入内《じゅだい》している娘たちに会いに行っていた。

物語などを楽しんでいた師輔は、すっかり帰る時間が遅くなってしまった。

修明門《しゅうめいもん》を出て、内裏の路地を通り、朱雀《すざく》門を出た。

満月が青々と輝く夜である。これだけ月の光があれば危険もあるまいと、内裏から邸までを供の者たちと馬に揺られていた。

ところが、常とは違ったことが起こる。

道に迷ったのである。

右大臣の職務のために師輔の家は大内裏からほど近い。昼間はもちろん、月の出ていない闇夜であっても、そうそう迷うような距離ではない。

あいにく、内裏から見て師輔の邸宅がその日の凶となる方向。懇意の陰陽師から違う方角で一泊する方違えを勧められていた。本来なら別宅で朝を迎えて帰るべきだったが、なにぶん忙しい。そのため、日が変わるや、真っ暗な中、邸宅へ戻ることにした。

よくあることで、供の者たちも師輔のこうした随行には慣れていた。

にもかかわらず、道に迷ったのだ。

最初に気づいたのは師輔だった。

「待て。ここは——？」

見たことがない路地だった。白檀《びゃくだん》の香りがかすかにした。

やがて供の者たちもおかしいと気づく。

気づいたものの、どうしていいか分からない。近くの邸に道を聞こうとしたが、どこも門を固く閉ざしている。

路地を行きつ戻りつして元の道を探していると、さっと空が暗くなる。

さっきまで満月が皓々《こうこう》と地上を照らしていたのにと、焦り、供の者たちも動揺した。

こんなときに曇るとはついていない。帰ったらすぐに陰陽師や密教僧に祈禱《きとう》させよう。

そう思った師輔が、「落ち着け」と供の者を諫《いさ》めたそのときだった。

「あなや」

供のひとりが情けない声を上げる。

「どうした」

腰を抜かした供の男に声をかけた。

その男の目線は師輔より上に向けられている。

男が見ていたのは、空だった。

空を指さし、烏帽子《えぼし》が落ちそうなほどに取り乱している。

その指の先を師輔が追うと。

「何と——」

急に曇って闇夜になったと思ったが、そうではなかった。


月の光を遮って闇をもたらしたものは、物の怪。

そのものがどのような形であったかを口にするとき、

「あんな怪しいものは見たことがなかった」

と、あのふてぶてしい師輔がかすかに震えていたのを光栄は見逃さなかった。

強いていえば、巨大な鳥のようなものだったという。

しかし、鳥にしては大きすぎる。人間ほどもあったという。その羽には鳥のように毛はなく、蝙蝠《こうもり》の羽に近かった。そんな大きな身体が、不思議なことに中空に浮いたままだ。

禍々《まがまが》しい鳴き声は聞いただけで吐き気を催し、倒れてしまいそうだった。その怪鳥が羽ばたくたびに、糞尿《ふんにょう》のようなひどい臭いが立ちこめる。ゆっくりと羽ばたきながら、師輔とその家来たちの周りを飛び回る。

最も恐ろしかったのはその頭。

おぞましいことに蝙蝠の羽を持ったその物の怪には、人間の頭と顔がついていたのだ。

汚らしい髪を振り乱し、大きく開いた口からはよだれが糸を引いていた。それもひどい臭いがする。

あまりのおぞましさと恐ろしさに、気がつけば誰も彼も悲鳴を上げていた。

怪鳥が師輔たちめがけて襲いかかってくる。

供の武士のひとりが勇敢にも太刀で斬りかかったが、仕留めることはできなかった。

それどころか怪鳥は、聞くも恐ろしい鳴き声を大きく発して、その者に襲いかかった。

怪鳥の足の爪に引っかけられて、その武士の装束が切り裂かれる。武士は土塀に叩《たた》きつけられ、気を失った。

別の者がその男を引きずって救い出す。

もはや逃げるしかない。

遮二無二その場から逃れようと手綱を操り――気がつけば邸《やしき》に戻っていた。

みな、震えが止まらず、全身汗まみれだった……。

藤原師輔は語り終えると、脂汗を垂らしていた。

光栄は、楚々《そそ》とした顔つきで小首をかしげていたが、

「右大臣さまのお話、よく分かりました」

光栄は音を立てて檜扇《ひおうぎ》を閉じ、神がかったように瞳《ひとみ》をきらめかせた。

師輔が狩衣《かりぎぬ》の袖《そで》で額を拭《ぬぐ》いながら、大きく息を吐いた。

「どうだろうか」

師輔の言葉が短い。光栄は軽く一礼する。

「私がいまのお話を伺う限りでは——物の怪の仕業でしょうな」

光栄が神水のように透明な瞳に力を込めて断言した。

師輔が再び大きく息を吐く。為頼が少しおびえたような顔になったが、黙っていた。

「右大臣さまが現在、個人的に親しくしている陰陽師は……」

「そやつの方違《かたたが》えでこんな目に遭ったのだ。顔も見たくない」

ならば、光栄が介入しても誰からも文句は言われないだろう。

意外と同僚からの嫉妬《しっと》の念は馬鹿にできないのだ。

「そういうことでしたら、ちょっと調べてみましょう。まずは、その怪我をした方のお見舞いをさせていただけませんか」

怪我をした武士は、師輔の邸の一室で手当てされていた。怪我の原因が原因である。治

療方法はおろか、誰に見せるべきかもよく分からない。仕方なしに通り一遍の処置だけをした様子だった。

師輔が光栄と為頼のふたりを伴ってその武士の見舞いに行くと、当の怪我をした従者の方が飛び起きて平伏した。怪我はしているがいたって元気なようだ。

師輔が光栄を陰陽師だとだけ紹介して、あとは光栄に任せた。怪我をした男は、まるで天女が突如舞い降りたかのような光栄の美しさに目も口も丸くしている。

光栄は「失礼します」とことわって、男のもろ肌を脱がせようとする。だが、相手は光栄の無類の美貌《びぼう》に怯《ひる》んだのか、服を脱ぐのをためらっていた。

為頼が半ば強引に男の服をはだけさせると、左胸から袈裟《けさ》懸けに傷が三本走っている。

まるで大きな爪に引っかかれたようになっている。光栄の手よりも一回りくらい小さい
隣で見ていた為頼が、「うわあ、痛そう……」と顔をしかめていた。

か。傷は肉にまで達していたが、ただれたりはしていなかった。

「変な痛み方をしますか」

「いや、そんなことはないです」

「あなたに怪我をさせたあやしのもの、大きな蝙蝠の見間違えではありませんでしたか」

「そんなことはありません。あんな恐ろしげな女の顔をした蝙蝠なんているわけがありません。顔一杯に裂けんばかりの真っ赤な口、つり上がった目。思い出しても恐ろしい」

言葉通り、両手で顔を覆って従者が震えていた。

光栄の唇が小さく動く。なにがしかを唱えて、傷口に軽く息を吹きかけた。

「この傷は特に呪的《じゅてき》に問題があったりはしないようです。普通の治療で大丈夫ですよ。すこし傷痕《きずあと》が残るかも知れませんが、問題ありません。お大事に」

光栄が端整な顔に香るような笑みをにこりと浮かべた。楚々としていながら光り輝くような容貌《ようぼう》の光栄に対して、従者は震えを収めると、なぜか赤面した。

従者の部屋をあとにした光栄は、そのまま師輔に暇乞《いとまご》いをした。

表に出るや「どうするのだ」と為頼が質問してくるので、端的に答えた。

「少し歩こう」

「歩く？」

足元の草の観察に余念がなかった小狐に声をかけるとすぐについてきた。光栄の歩き方はのんびりしているのに大股《おおまた》で、為頼は置いて行かれないように小走りでついていった。

最初は、すわ物の怪探しかと緊張していた為頼だったが、外の空気に触れているうちにその緊張もほどけてきたようだ。

「いい天気だな。歌のひとつも詠みたくなる」

「ほう。若き歌の名手の創作の瞬間に立ち会えるのか」

太陽は西に傾き始めていて、むしろ最も白く輝いている時刻だ。ほとんどの貴族は家に戻って詩歌や物語を楽しんだり、蹴鞠《けまり》で身体を動かしたりしているだろう。普段なら光栄も童たちと遊び回っている頃だった。

右大臣の邸を出た光栄は朱雀門を通って内裏の方角へ歩いた。

「ど、どこへ行くつもりだ、光栄」と為頼が慌てたが、光栄はにこりと微笑んだ。

「たぶん、おまえが想像しているところへは行かない」

内裏の南に並ぶ三つの門のうち、西側の修明門《しゆうめい》に十分近づいたところで、光栄は立ち止まった。為頼が緊張している。先日も陰陽寮に行くためにこの辺りまで来たのだから、馴《な》れてもいいものだが……。

光栄は香を深く嗅《か》ぐように何度か大きく呼吸すると辺りを見回した。

しばらくして今度は太陽の位置を確かめ、身体を南の方に向けた。

「何をやってるんだ」

と、為頼が尋ねるが、光栄にしては珍しく彼の方を見ないで答えた。

「再現だ」

「再現？」

「さっき師輔が言っていただろう。夜になって内裏から邸に帰るとき、方違えしながら帰ったと。あやつの別宅の位置は分かるが、問題はそこへ行くまでの道のりと、そこからの道のりだ。師輔の生まれや暦、天文の具合から方違えをしなければいけなかった日とそのときの方違えの方角を計算し直している」

「すごいな、おまえ。……って、右大臣さまを呼び捨てにして」

「私は八百万《やおよろず》の神々を相手にしているからな」

「おいおい」

光栄は頭の中で式盤を回し、複雑な計算を次々と重ねていく。ときどき辺りを見回したり、何かを思い出すような目で宙を見つめたりしていた。

普通なら道具もいるし、解釈を照らし合わせるための書物も必要だろうし、できれば紙にいろいろ書いて考えを整理していくのが筋だが、陰陽寮まで戻るのも面倒くさい。

しばらくして、光栄が爽《さわ》やかな顔を為頼に向けた。

「よし。分かったぞ。師輔が怪鳥に襲われた三日前の満月の夜。その日、方違えのために歩いた道筋が計算できたから、一緒に行こう」

光栄は内裏の壁沿いに北へ上がった。さっそく来た道と違う。為頼が慌ててついてきた。

そのまま光栄は道案内がいるかのようにするすると歩いて行く。同じように見える土塀の続く路地だったが、関係はないようだ。

宴《えん》の松原《まつばら》を見ながら内蔵寮の前を右に曲がる。ちょうどぐるりと一周する形で内裏の東側を歩いた。そのまま陰陽寮の脇を抜けて朱雀門の東にある美福《びふく》門から大内裏を出る。

大内裏を出たことで、為頼の口が軽くなったようだった。

「そういえば、右大臣さまのご息女で入内《じゅだい》されている安子中宮は、わがままで嫉妬《しっと》深い性質らしいな」

「おまえは会ったことはあるのか」

「いや、ない。噂話だ。でも、お付きの女房衆もだいぶ苦労しているのは事実らしい。先日の貴族どのの件もあるから、この噂も当たらずとも遠からずかもしれない」

「なるほどな」

事前に聞いておいた師輔の別邸に着いたので、周りを確認しておく。立派な寝殿造の邸で、普通の貴族なら豪邸といってよい。特に異常もないことを確認し、今度は本邸、つまり先ほどまで話を聞いていた師輔の邸を目指す。

ときどき小狐が光栄の前を楽しげに走り、行き過ぎてたしなめられる程度で、三人はいたって何事もなく道を歩いた。

「同じような土塀ばかりだけど、よく迷わないな」と為頼が感心している。

「……なるほど、確かに同じような土塀ばかりだな。為頼、おまえはいいことを言う」

光栄が咲き誇る薔薇《そうび》のようにあでやかに微笑んだ。

「どういう意味だ」

「いや、こっちの話だ。――夜だったらまた雰囲気は違うだろう」

「夜だったらなおさら、同じような建物ばかりに見えて道に迷ってしまいそうだ。……それにしてもおまえ、楽しそうだな」

為頼がそう言って笑いかけると、光栄が不思議そうに振り返った。

「私には分かったからな」

「分かったって、さっきの物の怪《け》のことか」

「ああ」

「結局、何だったんだ」

「物事には順序が必要だ。もうじき分かるよ」

焦《じ》らされた為頼がちょっと口を尖《とが》らせたが、すぐに別のことを口にする。

「おまえ、右大臣さまと話をしていたときとは別人のように生き生きしているな」

「ははは。そうだろうな。陰陽道は奥が深い。暦も天文も、物の怪の調伏も生霊《いきりょう》を返すのも病気平癒の祈禱《きとう》も、どれひとつとして同じことはない。楽しいぞ。貴族の相手をするのは疲れてしまうが、物の怪相手の方がまだましだ」

「私としては物の怪も遠慮したいところだ」

「おまえが巻き込んでくれたようなものなのだから、おまえにもしっかりがんばってもらわないとな」

「……怖いこと言うなよ。心の臓が痛くなってくる」

「ははは」

また角を曲がった。近くの邸《やしき》に植えてある木の枝が風にさわさわと揺れた。

「……さっきは、ありがとうな」

ふと為頼が低い声で呟《つぶや》いた。

「どうした、為頼」と、光栄は驚いて足を止めた。

「先ほどのことだ。右大臣さまのところで私の家柄のことを言われたときに、おまえは怒ってくれた……」

やれやれ、随分かわいらしいことだと光栄は笑みがこみ上げてくる。

「当たり前だろ。おまえは私の大切な幼なじみだ。先日の恩もある」

為頼が気恥ずかしげに微笑む。

「私自身が位が低いことを馬鹿にされたりするのは別にいい。少しはつらいけど、それは自分ひとりのことだから我慢もできる。だが、家のことを言われると、何かこう、両親や兄弟たちや祖霊のことも悪し様に言われたみたいで、心がきりきりしてな……」

光栄と目を合わせないで、為頼が独り言のように話していた。

「為頼……」

「私がもっと世渡り上手だったらなあ、とか。もっと有力貴族と太い縁ができていろんな仕事をさせてもらえたらなあ、とか。そうすれば家名を盛り上げることができて喜んでもらえるのではないかなあって。はは。悩んでしまうこともあるわけさ。だから、ありがとう。おまえのことをますます好きになった。……いや、いまのはその、友としてだな」

「分かっている。むしろそれ以外の意味を持たせるな。昔からおまえは思ったことがすぐに口にでる男だったのを思い出したわ」

まったく。為頼はいい奴だ。そして、不器用な奴だ。

光栄は周りに人がいないか確かめて、右手を刀印に結ぶ。

「為頼、特別だ。おまえの家系を占ってあげよう」

「え？　何をするんだ、光栄」

口の中で光栄が呪《しゅ》を唱え、その刀印で星を切った。

その横で、小狐が珍しく物静かな表情になって手を合わせている。まるで光栄を守っているかのようだった。

光栄はそのまま静かに心を統一している。じっと為頼の瞳《ひとみ》を見つめていた。

いい加減、為頼が恥ずかしくなってきたころ、光栄は花のように笑った。

「やがておまえの一族から、優れた物語をしたためる女性《にょしょう》が生まれる。千年ものちにまで読み継がれる文学だ」

「千年——すごいな」

「彼女は、おまえの妹の諱《いみな》みたいな名前で称されるだろう」

「私の妹っていうと……小紫《こむらさき》のことか。その子はもう生まれているのか」

「紫、というのが後世つくようだ。まだ生まれていない。たぶん姪《めい》たちの誰かになるだろう。右大臣の治政が忘れ去られても、その子が書く物語が忘れられることはない」

不意に、為頼の顔に赤みが差した。頬が笑み崩れていく。

「すごい子が我が家系から生まれてくれるのだな。本当なのか。いや、疑ってはいけないな。都で最高の陰陽師《おんみようじ》である賀茂光栄直々の占いなのだから」

「『当たるも八卦《はつけ》、当たらぬも八卦』かもしれぬぞ？　おまえ自身の占も聞きたいか？」

ちょっとうれしそうな顔をした為頼だったが、すぐに表情を改めた。

「いや、私自身のことは少し怖いからいいや。悪い占なら落ち込みそうだし、よい占だったら慢心してしまいそうだ」

「ふふふ。そう言うと思ったよ。だからおまえはいい奴なんだ」

為頼よ、おまえはおそらく従四位下《じゆうしいげ》の官位くらいまでは授かるだろうが、政治で名を残すことは難しいだろう。だが、おまえの歌は同時代にも評価され、後世にも残る。

だから、己を生かす道を行け――。

光栄は心の中で人のいい幼なじみを励ますのだった。

ちなみに、これから生まれてくる為頼の姪がしたためる物語は、『源氏物語《げんじものがたり》』と呼ばれることになる。

そのあとも随分と歩き回り、西の空が色づき始めた頃、光栄の「散歩」は終わった。

「着いたぞ」

しかしそこは、光栄と為頼が出発した右大臣・藤原師輔の邸の裏手であった。

「着いたっていうか、帰ってきた感じだな。ここでいいのか」

「始まりが終わりであり、終わりが始まりである。趣があっていいな」

家人に事情を話してもう一度敷地に入ると、光栄は建物には入らずに敷地を歩き回る。植えてある木々や繁みを覗《のぞ》いたりしていたが、やがて地面に這《は》いつくばって木の根や建物の軒下を覗き込んだりし出した。

光栄の秀麗な顔に土がついて汚れるが、お構いなしだ。昨日の雨が乾ききっていないところもあって、袖《そで》を絞った狩衣《かりぎぬ》も泥だらけである。

為頼が止めようとするが、光栄の耳には入らない。

途中で師輔本人も何事かと様子を見に来たが、すぐにどこかへ行ってしまった。それどころか、夜宴でもあるのか、外出してしまう。

光栄は、とうとう軒下に入ってしまった。

「おい、光栄——」

藤色の狩衣を汚すのがためらわれて光栄を見守るだけだった為頼が、さすがに心配になって声をかけた。光栄は適当に答えて、探索に没頭する。

ついに、光栄は目的のものを見つけた。

「あったぞ、為頼」

軒下の暗がりから、光栄が烏帽子《えぼし》を歪《ゆが》ませて出てきた。顔は汚れ、蜘蛛《くも》の巣が付いている。土を素手で掘ったために爪は真っ黒だ。どこで擦ったか、手の甲に血がにじんでいる。

その手には小さな薬壺《やくつぼ》のようなものを持っていた。かすかに白檀《びゃくだん》の香りがする。

「それが捜し物か」

「ああ。こやつが怪鳥の物の怪の正体だよ」

立ち上がって土や蜘蛛の巣を払った光栄がにこやかに答えた。

ふと、急に為頼が笑い出す。光栄がなぜ笑われたのか不思議そうにしていた。その狩衣の汚れを払ってやりながら、為頼が昔のことを話す。

「小さい頃のことを思い出したんだ。私が何かの拍子で父上の大切な笛をなくしてしまった。捜したけど見つからなくて怖くなって。私が泣いていたときに、おまえが『大丈夫だ、為頼。もの捜しなら得意だ』と言って、家中捜し回ってくれたなって」

「そんなこともあったな」

「でも、見つからなくて。そのうちにおまえは庭に飛び出して木の上に登ったり、池の中を捜したり。最後にはとうとう軒下に潜り込んで泥にまみれて見つけてくれた。何でそんなところにあったのかと言えば、私の弟のいたずらだったのだけど」

「そのあと、おまえの弟を一発殴ったのだったな」

幼い日の思い出に、光栄も苦笑した。光栄にも、口より手が先に出る頃があったのだ。

「笛を見つけたときのおまえといまのおまえ、同じ笑い方をしている。右大臣さまの前で鬱屈《うっくつ》して見せたおまえだけど、根っこのところはひとつも変わってないんだな」

「そうかい？」

「ああ。ちょっとうれしいよ」

だが、これ以上、昔話をしている時間はない。日が暮れてしまっては面倒だ。

本当なら師輔に検分してもらおうと思っていたのだが、当てが外れた。

いや、ひょっとしたらあの男は、そこまで計算して外出したのかもしれない。

光栄は右手の刀印でその壺に向かって五芒星《ごぼうせい》を切った。

五芒星は星の形そのもの。天界の象徴であると共に、陰陽師にとってなじみ深い星の力を直接に引いてくることができる。北斗《ほくと》七星《しちせい》や昴《すばる》などから力をいただくのだ。

その五芒星の威力によるものか、何かが割れる大きな音がした。

さらに「心清浄《しんしょうじょう》、念・鏡・念・神・返・悪・返・呪」と唱える。

うっすらとした光が辺りを覆う。

このような呪符《じゅふ》を破るときに、呪符を破った者が呪われる念入りな仕掛けがあるのだ。

言霊《ことだま》の力でそれらの仕掛けを鏡の如く跳ね返すための結界を張ったのである。

光栄が、封じてある呪符を破る。

怖いもの見たさで覗きに来た為頼に、光栄は中身を見せた。

「これは――藁人形《わらにんぎょう》と、複雑にいろいろ書いてあるこちらの紙は、いわゆる呪符か」

「呪符の形、鳥形になっている。これが怪鳥の正体だよ。藁人形が、呪をかけた相手」

光栄が藁人形をまさぐる。中から髪の毛が出てきた。

さらに家人を呼んで、外で火を使ってよい場所へ案内してもらう。

家人に火をおこしてもらうと光栄は無造作に藁人形を投げ込んだ。

驚いたのは為頼だった。

「え、そんなに簡単に焼いてしまっていいのか」

「うん。私には分かった」

「そうなのか……」

その間にも藁人形は溶けるように焼けていく。煙を避けながら、光栄が説明しはじめた。

「今回の物の怪は、ある人物を狙ってのことだった」

「ある人物……やっぱり右大臣さまなのか」

「どうして為頼はそう思う？」

「それは、まあ、物の怪に襲われた一行の中でいちばん身分が高いから」

燃えかすとなった藁人形に、光栄が念のため水をかけて火を消す。

身分だけで判断するのはどうかと光栄は内心で苦笑したが、結論としては正解だった。光栄としてはどの人物が狙われているかについても、白紙の状態で考えていたのだが、手がかりになったのは為頼の言葉だ。

「さっきの散歩での為頼自身の言葉、覚えているか？」

「──何を言ったかな？」

「『同じような土塀ばかり』『同じような建物ばかり』と言ったんだ」

「ああ、だってそうではないか。それがどうしたんだ」

「さっきの師輔の話では、『見たこともない路地』に来てしまったと言っていた。しかし、そんな路地はさっき歩いたところでは見つからなかった」

「夜歩いたらそんな気になったのではないか」

「あえてこういう言い方をするが、太宰府帰りのおまえが『同じような土塀ばかり』と思っているのに、都の中枢にいる人間が『見たこともない路地』と言うものだろうか」

「うーん……」

光栄の推測にはもうひとつ根拠があった。

「散歩の前に、怪我人を見舞いに行ったとき、彼は自分を襲った物の怪《け》のことをこう言っていた。『恐ろしげな女の顔』『顔一杯に裂けんばかりの真っ赤な口、つり上がった目』と。

ずいぶん具体的だ。ところが師輔の方は『人間の頭と顔』としか言っていない」

「たしかに――」

ふたつを合わせて考えたとき、「師輔には後ろ暗いところがある」と光栄は直感した。

師輔には何かやましいところがあって、話をごまかしている。だが、病気と一緒で、正しく説明してくれなければこちらも手の打ちようがないのに。そして、そんなごまかしは光栄には遅かれ早かれバレるというのに――。

そもそもどんな呪いによって使役されたものでも、自らの意志によって襲ってきたものでも、物の怪たちは何の理由もなく現れはしない。

襲われる側に何らかの原因がある。

光栄たち陰陽師であれば、物の怪たちを打ち払う存在だから、敵対勢力として積極的に害して来ることはある。

そうでない場合、心の中のやましい部分に物の怪は狙いを定めてくる。

では、師輔が隠したいこととは何か――。

「師輔は――物の怪の正体に心当たりがあるのだ」

だから、明らかに見たはずの物の怪の顔についての描写を省略した。

その女の顔に見覚えがあったのに、それを伏せねばならない理由と相手とは――おそらくは、師輔が手をつけた相手……。

自分との関与を曖昧《あいまい》にしたいために、見知らぬ路地に迷い込んだと話を盛った。

それらを曖昧にしたままで光栄に委《ゆだ》ね、調伏させようとしたのだろう。

親子して似たようなことを考えるものである。

「待てよ、光栄。右大臣さまは畏《おそ》れ多くも帝の内親王殿下をおひとりならず妻として迎えているはずだぞ」

「だからこそだ。内親王殿下を妻にしているからこそ、遊びで手を出した身分の低い女性なんて、もういてはいけないのさ。きっと好き心を出して手を出した女性を、師輔は知らぬ存ぜぬで追い払おうとしたのだろう。遠ざけられた女性が、せめて恨みのひと言も言いたくてすがったのが、この呪術なんだろうな」

光栄は手に持った小さな紙片に過ぎない鳥形の呪符が、妙に重く感じられた。

哀れな女心がこの小さな紙に詰まっている。小さくとも、無下にできない思いだ。

「宮中での色恋沙汰《ざた》はよく聞くが、そこまで思い詰めるとはよほどの仕打ちがあったのだろうか……」

「あやつはたぶん、女に謝る気持ちなど微塵《みじん》もないのだろう。あの男は、ただただ、私が物の怪として処理することを望んでいたに違いない」

光栄はとうとう名前すら呼ばなくなった。

俗に、人を呪わば穴二つという。

人を呪って落とし穴を掘っていたところ、気づけばもう一つ落とし穴ができている。それは呪った相手を落とす穴ではなく、呪いをかけた自分自身が陥る闇の穴なのだ、という意味である。

これだけ本格的な呪術に頼ったのである。その女性もそのくらい知っていよう。

怪鳥の様子を聞いても、物の怪である怪鳥の方から襲いかかってはいない。

あくまでも従者が切りかかったから、従者に反撃したにすぎない。

尋常の物の怪ならばもっと暴れ回っているだろう。

物の怪でありながら、強く自分を律しようという気持ちすら窺《うかが》える。

きっと、本来は聡明《そうめい》な女性なのだろう。

それでも、心が物の怪とならざるを得なかった、苦しみ。

師輔は陰陽師《おんみようじ》をただの祓《はら》い屋くらいに思っているかもしれない。

調伏の業を見てしまえばそんなふうに思いたくもなるだろう。

しかし、師輔が相対したのは、他の陰陽師ではなく、賀茂光栄なのである。

光栄は呪符を左手に持ち、右手を刀印に結んだ。

「急急如律令《きゆうきゆうにょりつりよう》」

細く鋭く、呪符に息を吹き入れる。

その瞬間、呪符が生き物のように震え、そこからなにかの気のようなものが噴き上げた。

ひどい悪臭が立ちこめる。

小さな呪符が急激に膨らんだように見えた。

真っ黒な煙のようなものが噴き上がり、現れたのは巨大な鳥のようなもの。

羽は蝙蝠《こうもり》のように毛がなく、頭部は人間の女。目は吊《つ》り上がり、口は耳まで裂けそうなくらいである。物の怪は天を仰ぐと、大きな鳴き声を上げた。まるで頭の中を引っかかれるような不快な音声だ。

師輔たちを襲ったとされる物の怪の話の通りのものが、光栄たちの目の前にいた。

「光栄」

「しっ」と、動揺した為頼を、光栄が制止した。「私の法力で、この呪符に込められた呪いを再現させているのだ」

怪鳥は光栄たちの目の高さより少し上に浮かび、ときどき蝙蝠の翼を動かしている。

光栄の手が為頼を抑える。

「落ち着け、為頼」

光栄の手は、腰の太刀に伸ばされた為頼の右手を抑えていた。

「す、すまない。自分でも気づかなかった」

為頼が恐る恐る太刀から手を離すのを確認すると、光栄は軽く両手を開いて怪鳥に立ち向かう。

「やあ」

まるで親しい友達に交わすような挨拶《あいさつ》だった。無邪気とも言える声だ。

光栄は白皙《はくせき》の顔に優しく清げな微笑みを浮かべ、怪鳥に呼びかけている。

「ギャァ」

怪鳥が明らかに威嚇するように大きく鳴いた。

「その顔、あなたは女性でいいんだよね？　きれいな顔をしているから」

普通に見れば化け物のような顔だが、光栄の目には違うものが見えているようだ。

物の怪はうるさそうにまたひと声鳴いて、羽ばたこうとした。

しかし、光栄の呪術なのか、再び元の位置に戻って来た。

怪鳥の顔が歪《ゆが》む。光栄を疎ましげに見ているようだ。

光栄はお構いなしに、質問を続ける。

毎日、忙しいか。普段はどんなことをしているのか。宮中にいるのか。それともどこかの貴族に仕えているのか。

物の怪は相変わらずギャアギャアと鳴いたり、威嚇するように羽を打ったりしている。

「光栄、何をやっているんだ」と為頼が尋ねるが、光栄は怪鳥に掛かり切りだ。

質問が重なるにつれ、光栄の顔が微笑みから、苦しげなものに変わっていった。

「うん、うん。つらいよな」

それにつれて、明らかに物の怪の力が落ちていた。羽ばたきが小さくなっている。なによりも大きな変化は、その顔だ。

さっきまでは鬼女と形容したいようなものすごい形相だったのが、徐々に普通の女性の顔になっている。それにつれて、威嚇するような鳴き声も穏やかになっていった。

「ああ、きれいな顔をされている。これがほんとうのあなたの顔だね？」

光栄が愛嬌《あいきょう》たっぷりに笑う。怪鳥の頭にあるのは、もはや鬼女の顔ではなかった。髪もまとまり、悲しげながらどこかの女房のような面立ちになっていた。

その両目から、ふと涙が流れ出した。

「化け物が、泣いている……？」

為頼の言葉を光栄が訂正した。

「化け物などではない。宮中の女房のひとりだ」

「そう言っても、おまえ――」

「いまはたまたまその生霊《いきりよう》が身体から抜け出し、呪《しゅ》と一体になっているだけだ」

怪鳥の体についた女房の顔が、しきりに口を動かす。何かを訴えているようだ。

光栄はじっと、その口の動きに心を傾けている。

「あなたは宮中のある高貴な女性に仕える女房なんだね。立場的に師輔と話すこともあって、それが縁で師輔と情を通じた」

目の前の女の顔が涙を流したまま、口を動かし続けている。

肉体の耳には聞こえないその訴えを、光栄の心の耳は聴き続けていた。

「そう。あなたは頭もいいし、会話も面白い。だからあなたに手を出したくせに、師輔は数回、情を通じただけで、あなたを遠ざけた。そのうえ、あなたが仕えているお方にも讒《ざん》言《げん》して、あなたを主人からも遠ざけた」

光栄の表情が悲しげに歪む。

女の顔が大きく目を開いて、口を激しく動かしていた。

聞いていた光栄も、目尻《めじり》に涙を浮かべていた。

「悲しかったよね。許せないよね。──分かるよ」

その言葉に、女の顔がぐったりと俯《うつむ》いた。怪鳥がすすり泣いている。小さく身を震わせて、泣いていた。

その泣き声は、完全に人間の女性のものだった。

「光栄、この物の怪は」

「聞いての通りだ。まじめに仕えていた女房だった。そのきれいな顔立ちと面白い会話をできる頭の良さを師輔に気に入られた。そして師輔の勝手で捨てられた。ただ捨てられただけではない。仕えていたあるじからも遠ざけられ、生きる希望を奪われた」

為頼が呻《うめ》いた。

光栄は悲しげな表情で目を閉じ、深呼吸を繰り返し、心を研ぎ澄ませ始める。

と、そこで為頼が口を挟んだ。

「光栄、どうするつもりなのだ。さっきみたいにその呪符を焼けば終わりなのか」

友の声色に微妙な変化を感じ取った光栄が、目を開いた。

「そういう方法もある。しかし、それはしない」

「なぜだ」

「それでは呪いが真っ直ぐにその女性の元に帰ってしまうだけだからだ。どうした？」

為頼の瞳《ひとみ》に透明な液体がみるみる膨れていった。眉《まゆ》を八の字にして、洟《はな》を大きくすすり、為頼は幼なじみの陰陽師にすがるようにした。

「それはしない、というなら、他の方法があるんだな？　おまえならその女の人を救ってあげられるんだよな？」

「為頼？」

為頼は真っ赤な目と鼻をして続けた。

「そうではないか。お前の話が本当ならば、右大臣の方が勝手に言い寄って契りを結び、勝手に遠ざけて苦しませたんだろ？　その女性、物の怪の心になるまで苦しんでるんだろ？　そんなの――かわいそうではないか」

普段なら朗らかな為頼の両目から涙がぽろぽろと粒になって溢《あふ》れた。

その涙に、思わず光栄は言葉を失った。

光栄なら、仕事柄、このような事態にはときどき遭遇する。

宮中や貴族たちの男女問題は日常茶飯事と言ってもいい。

だから、男の身勝手な言い分も、女の涙も、よく知っていた。

しかし、まさか男である為頼の口からこのような言葉を聞こうとは。

「ここからは私ひとりでやろうと思っていたが、おまえにも見ていてもらおうか。小狐、結界を」

光栄が呼びかけると、邸《やしき》の外で待っているはずの小狐が突如として現れた。式神として、あるじの呼びかけにはすぐさま駆けつけるのである。

小狐は普段の朴訥《ぼくとつ》としたかわいらしい童の顔に怜悧《れいり》な表情を浮かべていた。いつもなら隠している狐耳と尻尾《しっぽ》も露《あら》わにしている。

小狐は右手と左手を縦横に複雑に動かす。驚く為頼を光栄がたしなめた。

最後に合掌の姿勢になって直立する。為頼を守る結界を張ったのだ。

今度は光栄の番だった。

鳥形の呪符を改めて両手に恭しく持った。間違っても呪いの品を触っている仕草ではない。まるで高貴な女性に触れるかのように丁寧に扱っている。

「あなたの気持ちは私が持っていく。だから、もう恨まなくていい。何よりも、泣かなくていい。――急急如律令」

光栄が呼気鋭く、呪符に息を吹きかける。

怪鳥の姿がゆらりと揺らいだ。

そのときだった。

「ご主人さまのお帰りだぞ」と、遠くで家人の声がした。

怪鳥の顔が、みるみる歪んでいく。

「光栄、また暴れ出したぞ」

「ああ、恨みの対象が帰ってきたと察知して、動揺したんだ。あとひと息だったのに。思ったよりも戻ってくるのが早かった。あやつ、もっとどこかほっつき歩いていろよ」

「もぉおお……すくぅ……ええ……もぉろぉすけええ」

怪鳥が物の怪《け》の声で恨み相手の名前を呼んだ。

物の怪は再び鬼女の顔となって、猛々《たけだけ》しく羽をはためかせようとする。

「行ってはいけないっ」

光栄が右手を大きく動かした。投網を打って引くような仕草。どこかへ飛び立とうと暴れた怪鳥がその場に押し止《とど》められる。

――離してください。

人間の耳には聞こえない鬼女の叫びが光栄たちの心に響いた。

　──会わせてください。真心を捧《ささ》げたのです。もう一度だけでいいから、あの人の心を振り返らせたいのです。

「人の心は変えられない。それをあなたは体験したではないか」

　鬼女が空を仰ぎ、叫ぶ。傍目《はため》には汚い声の鳥が大きく鳴いているようにしか見えない。

　だが、光栄も為頼もその叫びをおぞましいとは思えない。

　怪鳥が感情の矛先を変えた。

　相変わらずギャアギャアと叫びながら、足の爪を光栄に向ける。

　そのとき、騒ぎを聞きつけた家来の武士がこちらにやって来る。

「いかがなされたか。──あなや、物の怪か」

　新しい闖入《ちんにゅう》者に、鬼女が怒りを露わにした。武士が腰の太刀を抜こうと構える。

「ダメだ。刀を抜くなっ。為頼、あの武士を止めろ」

　光栄の叫びに為頼が、「応よ」と駆け出した。

　しかし、距離がある。武士が、物の怪に震えながらも刀の柄《つか》を抜き、その刀身が見える。

「ええい、ままよっ」

　為頼が跳躍する。そのまま、刀を抜こうとした武士に跳び蹴《げ》りを食らわせた。

　武士もろとも為頼も地面に倒れ込む。

「うわっ、何をするか」

「うるさいっ。光栄が『抜くな』と言ってるんだ。黙って見てろ」

だが、鬼女の目は怒りに満ちたままだ。先ほど斬りかかろうとした武士の念が、鬼女の心を刺激してしまったのだろう。武士が真っ青な顔になる。

為頼と武士のふたりは、倒れてもつれたままだ。

怒りの声を発する鬼女とふたりの間に、光栄が割って入った。

「こちらを見よ」と、光栄がふたりをかばうように両手を広げる。

「光栄、危ない——」

為頼が叫んだ。鬼女が目をらんらんと輝かせて光栄に狙いを定める——。

死んだ人間は、その魂が悪鬼羅刹《らせつ》や餓鬼、悪霊《あくれい》と言った物の怪になることがある。

生前の思いと行いに悪しきものが多かったために地獄に堕《お》ち、そのようになったのだ。

この場合は、一喝して、地獄へ送り返して反省させればいい。

ところが、生霊は生きている人間の想いが、強い執着で凝り固まって暴走したもの。つまり、送り返そうにも、それは生きている本人のところしかない。原因となった執着を解かない限り、何度でも戻ってくる。

対処法として最も手っ取り早いのは、生きている本人への説得だった。

しかし、たいていの生霊は本人の自覚がないままに、心の中の強い感情が暴走している。本人が「おまえから生霊が出ているから止めろ」と言われても分からないことも多い。今回のように、呪と一体となった生霊の場合はもっとややこしい。

うかつに生霊を戻してしまうと、呪そのものが本人に降りかかってしまうこともある。光栄が丁寧に説得を重ねていた理由もそれゆえだった。

暴走する想いをなだめれば再び暴れる可能性は低くなるし、呪と切り離せば生霊を本人に戻しても反作用は少ない。

残った呪そのものは、光栄にかかれば呪符を破るように簡単に処理できるのだが……。

予期せぬ武士の乱入で、話がこじれてしまった。

鬼女の顔で光栄を睨《にら》み、爪を構えた。

——あなたもやはり私をいたぶるのですか？

物の怪が、怒りと悲しみの入り交じった叫びを発して光栄に躍りかかる。

光栄は、為頼と武士を守るために微動だにしない。その光栄を怪鳥がかすめた。白皙《はくせき》の美貌《びぼう》を誇るなめらかな頬に赤い筋が二本できる。

「よくも、光栄さまの美しいお顔に傷を——」

為頼が刀を抜くより先に、主命で一歩控えていた小狐が、あるじを押しのけて前に出る。

小狐の身体が大きく膨れた。ふさふさとした尻尾が瞬く間に大きくなって九つに分かれる。みずらの髪が伸びて解《ほど》けた。

童の姿だった小狐は、妖《あや》しい魅力を放つ美青年に一気に変化《へんげ》していた。

「物の怪よ、動くな」

青年の小狐の声に、物の怪が再び中空に大人しくとどまる。

武士が這《は》うようにして逃げ出した。

何とか立ち上がったものの、驚いて声も出ない為頼に光栄が教えた。

「おまえは小狐の正体を知らなかったな。あやつの本当の姿はこの右大臣邸程も大きな九尾の狐。神命と主命によってあらゆる魔性のものに対峙《たいじ》する巨大神霊だ」

「小狐、そんなにすごいのか……」

陰陽師《おんみょうじ》が物の怪やあやかしと戦うときにはいくつかのやり方がある。

代表的なもののひとつが、あやしのものが苦手とする別のあやしのものをぶつけること。

例えば晴明は十二体もの式神を操ることで、さまざまな魔に対しようとしている。それが普通なのだ。

光栄が小狐しか式を使役していないのは、小狐ひとりで晴明の十二の式に匹敵する働きをするからだった。

ということは、小狐を統御する光栄の力がそれだけ巨大だということでもある。

「待て、小狐。……驚かせてすまない。私はあなたをいたぶるようなことはしない」

小狐に睨まれた怪鳥が、しおしおと力をなくしている。

——男はいつも唐突にやってきて、私を奪い、勝手にいなくなる。

再び怪鳥の鬼女の面に涙が浮かぶ。その涙が日の光を受けてきらめき、光栄と為頼の目を刺し貫いた。


光に目の前が白くなったと思った為頼だったが、ふと寝殿造の大きな建物が見えた。深く厳かな気配を感じ、為頼はそれが内裏であると感じた。

なぜ、急に内裏が見えるのか。考えるよりも直感した。これはあの鬼女の心の中の風景なのではないか。どうしてそのような不可思議なことが起こるのか、為頼には分からなかったが、なぜか恐怖はなかった。

と、為頼の視界を、梅色も鮮やかな十二単《ひとえ》の女房姿で廊下を歩いていく。これが鬼女となった彼女の本当の姿なのだろう。

長い髪が美しく、聡明《そうめい》そうな目元が涼やかで整った顔をしていた。焚《た》きしめた香が清らかで上品な人柄を伝えている。歩いているのは帝が暮らされている清涼殿あたりだろうか。

夕刻を知らせる鐘の音がした。

誰もいないことを確認して清涼殿の奥、いまは使われていない後宮の一室に滑り込む。

そこに男が待っていた。

外見は彼女の好みではなかったのに、一方的な求愛にほだされ、一度、情を交わした。

それから男は毎日のように彼女を求めた。

肌を重ねるうちに、ほんの一度だけの出来事は身分違いの恋に育っていた。

一夜を共にして帰る後朝《きぬぎぬ》の光の中で男の衣裳《いしょう》を調えるときは、別れの寂しさに身も滅びそうだった。その一方で、こんなふうに身支度を調えるのは本当の奥方である北の方になったようで晴れがましい気持ちもした。

しかし、彼女の心に男がしっかりと根を張った日から、男の足は彼女から遠のいた。

もともと男の訪れを待つしかない身。嘆けども、文のひとつも渡せない関係。

何かの折に、歌を詠んで気持ちを託したくとも、もう彼女は呼ばれない。

北の方に迎えてほしいなどとは夢にも思わない。

せめてもう一度、あの人の顔を間近で見たい。あの人の薫りに包まれたい。

彼女の仕えているあるじは男の血縁である。あるじの顔を見るたびに、男の面影を追いかけてしまうのも浅ましく思える。人には言えぬ恋の闇に彷徨《さまよ》うばかりだった。

顔に何も出さずに過ごしていても、噂が好きな後宮の女房たちはわずかのことも見逃さない。遊ばれて捨てられた女房として、人びとの口の端に上る日々が始まった。

絶対に知られてはならないと心に秘していた男の名まで、あれこれ詮索《せんさく》される。

一方で男は、若いだけで教養も浅い女房に手をつけていた。若い女房はそのことを自慢げに吹聴《ふいちょう》しているようだ。人知れず彼女は捨てられた苦しみを抱える毎日——。

彼女は耐えた。

ある日、男が参内したときに、偶然、廊下ですれ違った。

男の姿が廊下の向こうに見えたとき、しばらくぶりに見る懐かしさに胸も轟《とどろ》く。

しかし、彼女は見てしまった。廊下の向こうで彼女の顔を見た男が、舌打ちする姿を。

何かの見間違いだと自分に言い聞かせ、すれ違いざまに再度、男を盗み見る。

男は明らかに侮蔑《ぶべつ》と嫌悪の眼差《まなざ》しのまま前を向き、もう見向きもしなかった。

そのあと、どうやって歩いたか覚えていない。

その日、彼女は仕えていたあるじから遠ざけられ、奥の雑務の仕事を割り当てられた。

彼女が男と会うことは、もうなかった——。

「あ、ここは、右大臣さまの邸《やしき》……？　内裏は？　彼女は——」

為頼が呆然《ぼうぜん》と呟《つぶや》く声がした。光栄がかすかに目を細めながら、流し目で為頼を見つめた。

「……為頼、おまえにもあの女性の心の景色が見えたのか」

光栄と為頼、ともにこの鬼女の心の中の風景を見ていたらしい。

鬼女が悲しみに暮れる女の顔になっている。

「そうだよな。男って奴は、ひどい奴だよな」

そう声をかけたのは光栄ではなかった。

光栄も驚いてその声の方を向く。

為頼だった。

「なぜか知らないけど、私にもあなたの心の中が見えたよ。あなたは悪くない。よく耐えたよ。同僚たちの噂にされても、誇り高く美しく振る舞ってるよ。男にひどい扱いをされていながら、あなたは心の中でさえ男の名も素性が分かることも秘密にしている。どうしてそこまでして、男の立場を守ってあげようとしてるんだよ？　ほんと、ごめんな」

為頼はぼろぼろと泣いていた。しきりに「ごめんな、ごめんな」と繰り返している。

為頼の涙に、当の物の怪《け》自身まで驚いたような顔をしていた。

——何で、あなたが泣くのですか。

「わからないよ。でも、あなたが苦しむのは、もういいのではないかな」

物の怪の顔が穏やかな女房の顔に戻る。

——ごめんなさい。私、あなたを泣かせたかったのではないのです。でも、ありがとう。

怪鳥の言葉に、為頼の涙が止まる。

為頼が不思議そうな顔で彼女の顔を見つめている。

その様子を見ていた光栄が、静かに彼女を諭した。

「もう、人を恨んで、自らの心を苦しめるのはやめなさい。もうあなたは十分苦しんだ。いまのあなたに必要なのは勇気です」

――勇気？

「そう。自分を許す勇気です。罪を犯して流刑になった罪人でも、許されて都に戻ってくることもある。人間は神仏ではないのです」

――…………。

「この世に生きている以上、毎日毎日、みんな失敗を重ねて苦しみながら生きているんです。だから、完璧《かんぺき》な人生ではなく、昨日よりもわずかでもいい今日を生きましょうよ。あなたのために泣いてくれたこの男の真心に免じて」

女房の両目から涙がこぼれた。

しかしその涙は、さっきまでの悔し涙や恨みの涙とはまるで違っていて。

日の光を受けて黄金色に輝いて見えた。

女房の顔が怪鳥の身体からぼんやりと浮いているようだった。

いまだ――。光栄は刀印を結んだ。

「急急如律令」

光栄の全身から金色《こんじき》の光が発される。生木を裂くような音がした。

蝙蝠《こうもり》と鳥を合わせたおぞましい物の怪の身体から、聡明そうな女房の顔が剝《は》がれ落ちた。

光栄が印を複雑に切り、女房の生霊を本人の心に返す。

顔のない、残った物の怪の身体が暴れ出した。

「あるじの顔を傷つけたこと、奈落《ならく》で後悔するがいい」

青年姿の小狐が吠《ほ》え、まなじりを上げて物の怪の身体に襲いかかる。

呪符《じゅふ》で呼び出されていた物の怪は、小狐の引き裂くような一撃で黒い霧となって消えた。

物の怪が断末魔の悲鳴を上げる暇も、小狐は許さなかった。


終わるときはあっという間だった。もう怪鳥も女房の生霊もいない。光栄の左手に呪符があるだけ。その呪符も、もう呪を抜かれたただの紙切れと化していた。

小狐がいつもの童姿に変化する。

「光栄さまっ」

半べその小狐が光栄の腰の辺りにしがみつく。

光栄は笑って、「大丈夫だよ」と言うが、小狐は目をうるうるさせている。小狐が懐から練り薬を取り出して、光栄の顔の傷に塗っていた。

「大丈夫か、光栄」と、声をかけてきた為頼に、光栄は答えた。

「あの武士が乱入したことで、もう少し暴れられても仕方がないと思っていた。でも、おまえのおかげで助かった」

光栄が頭を下げると為頼の方が驚いた顔をした。

「私？　私は特に何もしていないぞ」

自分がしたことの意味が分かっていないらしい。無意識の行動であるなら、なおさらこの男の心ばえが優しいことを証明している。

「おまえが縁もゆかりもなかったあの女房のために泣いてあげたことだ。不実な男に傷つけられた彼女の心を、おまえの涙は癒《い》やしたんだ」

光栄の言葉を理解した為頼が、さっと赤面した。

「へ、変なことを言うな。恥ずかしい。それよりも光栄」と、為頼が強引に話題を変えた。

「最初は声も聞こえなかった。何であの物の怪の心の中にしまわれたかつての出来事が見えるようになったのだ」

光栄は今度こそ吹き出すように笑った。

「それさ。おまえがあの女房をあわれと思った。だからこそ、彼女の言い尽くせぬ悲しみの叫びが聞こえるようになったのだよ」

「…………」

「彼女は誰かに自分の想いをきちんと聞いて欲しかっただけなのかもしれないな」

だからこそ、無関係なのに自分のことのように心を痛めた為頼の真心に救われたのだ。

かたや、師輔はあの物の怪を何としても消し去りたかった。

光栄に物の怪退治を持ちかけ、光栄が物の怪を撃退してくれればそれでよし。万が一、光栄が失敗したら、さらに別の力のある陰陽師を探しただろう。例えば、安倍晴明とか。普通の陰陽師なら、物の怪を調伏するために法力を駆使する。

かくしてあの怪鳥の物の怪は滅び、呪を仕掛けた女房にすべてが返される。ひょっとしたら女房はその呪の力で死んでしまったかもしれない。

それだけ師輔はこの物の怪の原因となった女房のことを、邪魔に思っているのだろう。

しかし、師輔は政治家だが、陰陽師ではない。まだ若輩で、一見すれば美姫《びき》の如き光栄を賀茂家の天才と頭で理解しても、どこかで侮っていた。

光栄は単に調伏するのではなく、物の怪の本当の原因が師輔自身の不実にあると突き止めた。あわれな女房の生霊は正しく解かれ、師輔が望んだような女の破滅は回避された。

「結局、右大臣さまは最初からあの物の怪が誰か分かっていたどころか、呪い返しで破滅させようとしたということか」と為頼が尋ねた。

「そうだろうな」

「女性は自分の欲望を晴らすためか、入内させて権力争いの道具に使うか。それしか頭にないのか。何て非道な奴なんだ」

低く押し殺した声で為頼が罵《ののし》った。その低い声が彼の怒りを物語っていた。

師輔はもうひとつ誤算をした。師輔が馬鹿にした為頼が、物の怪の心を動かすほどの熱い心を持っていたことだ。

かくして、師輔の裏の企《たくら》みは潰《つい》えたのだが、光栄はまだ思案顔だった。

「右大臣とかいうあやつにはもう少し物の道理をわきまえさせておきたいな。晴明あたりを専属の陰陽師として送り込んで、生活を見つめ直してもらう方法も考えないとな」

そばで、為頼が光栄の手元を覗《のぞ》き込んだ。

「なあ、呪符に使う墨は高価なものでなければいけない、とかいう決まりはあるか」

「いや、特にないが」

「しかし、この鳥形の呪符に使われている墨。この黒々とした色合いとにじみの調和が、尋常の品ではないと思う。それこそ、ほら、あの肝試しの手紙と同じような」

「ふむ……？」

光栄はただの紙切れと化した呪符をあれこれと確かめる。

為頼も一緒になって見ていた。とうとう呪符を手にして匂いを嗅《か》ぎ出す。

「かなり高価な墨なのだが、以前にもどこかで見かけた気がするんだよな。現在の宮中の品よりもさらに群を抜いてよい品だからそうそうないとは思うのだけど」

為頼によれば、よい保存状態で時間をかけて熟成された墨らしい。

そして、そのような墨を持てるのは、かなり身分の高い人物に限られてくるはずなのだ。

「なるほど。おまえの知識は大したものだな。勉強になる。ありがとう」

「そんなことはないさ。それより、先ほどは私の方こそありがとう。武士と倒れたときに物の怪と私たちの間に割って入ってくれた」

「ああ」と光栄が美しく笑った。

「さすがに肝が冷えた。物の怪を前にしても、やはり光栄は陰陽師だから怖くないのか」

「いや、私とて怖いものは怖いさ」

光栄の答えに、為頼が不思議そうな顔をした。

「にわかには信じられないが」

「しかし、あそこには、彼女の心を解き放ってあげることができる陰陽師が、私しかいなかったからな」

光栄たちは邸をあとにした。

西日の彼方《かなた》、鳥が鳴いていた。

第三章☆弘徽殿の怪

京の都の五月雨《さみだれ》は長い。しとしとと降る雨は風情があった。

しかし、鴨川《かもがわ》がごうごうとなり声を上げるのは不穏なものだ。毎年、氾濫《はんらん》や決壊が出る辺りは、右大臣の命令で厳重に土嚢《どのう》が積み上げられていた。

光栄《みつよし》の邸《やしき》に遊びに来た為頼《ためより》はそんなことを話しながら、歌や詩の本を読んでいる。

「右大臣さまは随分きびきびと水害予防策を打っているらしい」

書物から顔を上げないで為頼が言うと、光栄が答えた。

「よかったな」

その光栄はといえば、柱に寄りかかって外の雨を物憂げな顔で見ている。

「しかし、何というか、こうして雨を見つめるおまえの横顔、歌にでもしたいくらいだな」と為頼がため息交じりに呟《つぶや》いた。

「急にどうしたのだ」と光栄が苦笑している。

雨で昼でも薄暗い外の明るさに、気の置けない友人相手で着崩れた藤の狩衣《かりぎぬ》がかえって趣がある。湿った空気に衣裳《いしょう》の薫香が深く漂い、夢のように飾っていた。

そばには為頼が持ってきたちまきを食べたあとの笹の葉がいくつか。先日の事件の報酬として為頼が持ってきたものだった。

「いや、歌に詠む美しさをふと垣間見《かいま》見たまでだ」

「おまえにそんなことを言われると、どうも落ち着かない気持ちになるが……」

「あ、いや、変な意味ではないぞ?」と為頼が頬を赤くしている。

「……それにしても雨が降りすぎだ」と光栄が多少強引に話題を変える。「もう四日も童たちと遊んでいない」

「ちまき、童たちの分も作ってきたのだがな」

「まったくだ。童たちと一緒に分け合えればもっとうまいだろうに。でも、こんな天気ではすぐに傷んでしまうから取っておくこともできないし」

「雨乞《あまご》いの反対で雨を止めたりはできないのか」

「できるよ。でも、そんなことをしたら秋の作物が穫《と》れなくなる。結局、泣くのは税を納められなくなってしまう庶民だよ」

先日、右大臣の邸で師輔《もろすけ》とやり合い、陰陽の業を尽くして物の怪《け》を祓《はら》った男と同じとは思えない。

「そういえば、このまえの右大臣さまの顔は見物だったよな」

その言葉に、神がかったように遠い目をしていた光栄がゆっくりと為頼を振り返った。

為頼が言っているのは、先日の怪鳥を祓った報告を、師輔にしたときのことだった——。

例の物の怪の事件を解決した翌々日、光栄と為頼は右大臣の邸に報告に行ったのだ。

「右大臣さまがご相談なさった物の怪、無事、祓いましてございます」

光栄が恭しく頭を下げた。装束はいつもの狩衣ながら、小狐《こぎつね》に命じてよく香を焚《た》きしめてきた。怪我をした頬は、小狐の塗り薬のおかげでもうきれいになっている。

脇息《きょうそく》に体重を預けた師輔が、片方の眉毛《まゆげ》を上げて光栄を見下ろしていた。先日と同じく、薄紫の狩衣だが、紋の散らし方が細かくて雅《みやび》だった。やや強めなまでに薫香が焚きつけられている。その香も珍しく、為頼などはそれだけで圧倒されてしまいそうになっていた。

師輔に笑顔はない。

どうやらあの笑顔は、物を頼むときだけの特別品だったようだ。用が済んだので笑顔を見せてやることもない、ということらしい。分かりやすくていいものだ。

「ご苦労」

言葉も節約するらしい。

奇妙な沈黙が場を満たす。

「報告というのはそれだけか」

光栄を振り返った為頼がいつものように、をかしの顔をしている。その口だけが小さく動いた。「ただ働きかよ」

光栄はかすかに笑って見せた。

たしかに先日の会話をどう振り返っても、謝礼や報酬の話は出ていなかった。

正式な陰陽寮《おんみようりよう》の仕事でもないし、個人的に仕えて禄《ろく》を約束されているわけでもない。

為頼は、「さすがに何かお礼がもらえるのではないか」と言っていたが……。

お礼は、これからもらう――。

光栄は恐縮したような素振りで、視線を床に落とした。

師輔は不機嫌そうな顔を隠そうともしない。言葉もない。

あの女房にもある日突然、こういう顔で拒絶したと、光栄と為頼はすでに知っている。

「まったく陰陽――」

師輔が何かを言おうとしたとき、御簾《みす》が大きく揺れた。

むわりとした生暖かい風が居間に吹き込む。風が調度品を倒す音がした。

それどころではない。居間の中で風が回っていた。

「どうかなさいましたか」

物音に師輔の家来が慌ててやってくる。しかし、生暖かい風が家来を転倒させて中に入れない。師輔が顔をしかめ、檜扇《ひおうぎ》で口元を覆った。

「光栄どの。これは一体――」

そう師輔が言いかけたとき、風が止んだ。しかし――。

廊下で家来の武士が腰を抜かした。

「あなや」

いつの間にか、居間の中には悲しげな顔をした女性《にょしょう》が立っていた。

髪は振り乱され、聡明《そうめい》そうな顔立ちは涙にまみれていた。着ているものは撫子《なでしこ》の十二単《じゅうにひとえ》のようだが、色が薄く、白撫子の襲《かさね》色目のようにも見える。

なぜならば、その女性の身体は向こうの壁が透けて見えたからだった。

生霊《いきりょう》である。

人目もはばからず泣き濡《ぬ》れた顔の女房が師輔に向き直り、口を開いた。

『お慕いしていましたのに。私の真心を捧《ささ》げましたのに。想いつめてこんなところへ出てくるとは、思ってもいないことでした』

師輔が檜扇を取り落とした。

「あ、あ、あ……」

女房の生霊が師輔に手を差し伸べる。

『お忘れではないでしょう。お帰りになる後朝《きぬぎぬ》に何度もご覧になった顔ですから』

師輔は恐慌していた。

「うわあああ――」

腰を抜かした師輔が何とか逃げようと後ずさりし、文机《ふづくえ》をひっくり返した。

「お、陰陽師《おんみょうじ》を呼んでこなくては――」と、武士たちが慌てて膝《ひざ》を回す。

陰陽師ならいまここで、冷静に見ているのだが……。

師輔が唾《つば》を飛ばしながら、抗議した。

「お、おのれ、光栄。何が『祓った』だ。目の前にあの物の怪がおるではないか」

光栄はあどけない女童《めのわらわ》のように小首をかしげた。

「はて。私は相談のありました怪鳥を祓いましたが」

その間にも、女房の生霊は恨み言をつぶやきながら両手を差し伸べて師輔に迫っている。

「な、何を言っている。この女房の生霊があの怪鳥の正体ではないか」

師輔が思わず「自白」した。

光栄はたおやかな顔に意地の悪い笑みを浮かべた。

「何と。それでは右大臣さまは最初からこの物の怪の正体をご存じであったのですか。そのお話しぶりから察しますに、どうやら右大臣さまの情けを受けた女房の様子」

光栄がことさらに確認すると、師輔が浅黒い顔を真っ赤にした。

「そんなことより、早くこやつを調伏しろっ」

「しかし、正体をはっきりさせませんと、生霊の場合は何度でも戻ってきますゆえ」

師輔が目を血走らせて叫んだ。

「そうだっ。宮中の女房だっ」

師輔は女房の名前を叫んだ。思わず檜扇を開いて光栄は顔を覆った。言うなよ。そこは相手に気遣え。そういう性格だから恨まれるのだと呆《あき》れつつ、光栄はさらに追い詰める。

「手を出した？」

「か、関係あるのかっ」

「おおありです」

「……ああ、寝た。何度か寝たぞ。これでいいのか？」

「ちゃんと詫《わ》びてください」

「何を言って――うわあ、来ないでくれ。私が悪かった」

光栄が無言で師輔の醜態を見つめている。

と、そこへ家来の武士が呼んできた陰陽師がやってきた。

その日から正式に師輔の専任の陰陽師のひとりとなった安倍晴明《あべのせいめい》だった。もちろん、光栄の根回しによるものである。

「当家にご挨拶《あいさつ》でお伺いしたところ、急なお召しとのこと。どうなさいましたか」

と、晴明は男ぶりのよい顔に爽《さわ》やかな笑みだ。

「おお、晴明。今日からよろしく頼む。早速だが、この生霊を何とかしてくれ」

師輔が大騒ぎしている。

晴明は「すわ一大事。生霊返しは得意ですから、ご安心を」と、柏手《かしわで》を打った。

「急急如律令《きゅうきゅうにょりつりょう》」

晴明の声が空気を震わせた。真っ白い光が目の前で炸裂《さくれつ》する。

女房の生霊は文字通り吹き消すようにその姿が消えてなくなった。

あとには、腰を抜かして着乱れた師輔が呆然《ぼうぜん》としているばかりだった。

……種を明かしてしまえば、すべて光栄たちの仕組んだものだった。

怪鳥の物の怪を祓ったあと、為頼が女房の無念を少しでも晴らせないかと光栄に相談したのだ。そこで光栄が、物の怪を祓った報告と称して師輔にお灸《きゅう》を据えようと考えた。

小狐に命じて女房の生霊に化けてもらい……あとは見た通りである。

かくして、光栄と為頼は最高権力者である師輔の醜聞をひとつ握り、晴明は陰陽師の腕を見せて恩を売ったのだった。


「帰るときの右大臣の顔、面白かったよなあ」と、為頼がけらけらと笑っていた。

「あれで本当に終わってくれればいいのだがな」

光栄が少し物憂げに答えると、為頼が目を丸くした。

「おまえが決着をつけたのではないか。あれでおしまいなんだろう」

「あの生霊の元の女房が心を入れ替えてくれるかどうかは、最後は女房自身の問題だからな。師輔の方もあの性格だ。きちんと心を入れ替えて生活を正さなければ、あの女房の生霊はともかく、別の物の怪どもが何度でもやってこよう」

「また狙われたりするのか、右大臣は」

「だから、晴明を置いてきたんだよ。晴明を通じて、生活を正す方法も指南した」

朝起きたら、まず今日の命に感謝して、自分の守り星たる属星の名を唱えよ。

鏡で顔を見て髪を整えたら、暦で今日の吉凶を確認すべし。

楊枝《ようじ》で口を整えて西に向かって手を洗い、生まれ年の守り本尊の名を誦《じゅ》して御仏《みほとけ》を心に迎えよ。

尊重する神社を念じることで、神々の加護に感謝せよ。

昨日のことを振り返って日記にまとめながら、きちんと反省をせよ——。

これが、最低限、師輔の心を立て直すために必要だと光栄が考え、晴明から指導させた、いわば処方箋《しょほうせん》だった。他の細かな日常の作法は晴明の指示でいいだろう。

晴明の調べたところでは、師輔は有職故実に通じた知識人を自認しているようだ。だからその辺の機微を上手にくすぐってやれば、すんなり言うことを聞くかもしれない。そういう説得は晴明の得意とするところである。

きちんと実践すれば、多少なりとも師輔も心が軽くなっていく体験をするだろう。そうすれば、こうした教えを子孫たちにも残していくに違いない。

現にこれらは、師輔が子孫に公卿《くぎょう》の心得として書き残した『九条殿遺誡《くじょうどのいかい》』の冒頭に掲げられることになる。なお、この遺誡を身を正して読んでいた孫のひとりが、のちの藤原道《ふじわらのみち》長《なが》である……。

「陰陽師というのは医者みたいな顔もあるのだな」と、為頼が感心してる。

「意外にいいところを突いているな。医者が何度怪我を治しても、自分から骨を折りに行く者がいれば、いつかは死んでしまうだろう。同じように、私たちがいくら物の怪《け》を祓《はら》っても、本人の心が変わらなければ物の怪は何度でもやってくる。臭い物に蓋《ふた》ではごまかされない。本当の救いにはならない。否、救えない者だっている」

「おまえの力でも救えない者がいるのか」

為頼の問いに光栄が素直に頷《うなず》いた。

「残念ながら、いる。善を悪と思い、悪を善と思う者や、神仏をないがしろにして自分偉しで生きている者、これらの者はいかに法力《ほうりき》を尽くしても、どうしようもない」

光栄が平坦《へいたん》な声で言うと、為頼がため息をついた。

「救える者もいれば、救えない者もいる。やはり医者と同じだな」

「人間は神ではない。つまり陰陽師も神ではない。神に祈り、その力をお借りしているに過ぎないのだよ」

「光栄、そんなに物の怪とは多いものなのか」

光栄が肩をすくめて苦笑いした。

「何しろ陰陽寮なんてものがあるくらいだぞ？」

「うむ……」と、為頼が深刻な顔になった。

「為頼よ、人が生活をすれば部屋も汚れる。服も汚れる。同じように生きていれば人を嫌いもすれば、恨みもする。物の怪どもはそういう心の汚れが大好きなのだ。だから、人が生きている以上、あやつらも完全消滅はしない。それを祓うのが我ら陰陽師だ」

為頼がとうとう腕を組んでしまった。「大変な仕事だな」

しかし、光栄はほころぶように笑う。

「しかし——あの女房の生霊を救った何よりの力は、お前の純粋な心だよ」

「私？」

「あのときも言ったが、おまえは恨み苦しむ者のために悲しみ、共感してあげた。その純粋な心こそ、真の救いになったはずだ。だからきっと、あの女房はもう生霊になって暴れたりはしないと、私は信じているよ」

「……そうか」と、為頼もひっそりと微笑んだ。

「為頼、お前、そのままでいろよ」

童姿の小狐が水のお代わりを持ってくる。

「五月雨《さみだれ》と言えば、可憐《かれん》な白い花をつける橘《たちばな》を愛《め》でるものだが、おまえは紫陽花《あじさい》も植えているのだな。歌にもあまり詠まれない花だが、意外に風情がある」

「ああ。いまの世ではあまり顧みられない花だが、雨の中にこんもりと咲いている姿はなかなかよいものだろ」

「うっすらと夕日が射してきたな。紫陽花の紫が一層面白い。光栄、あの紫陽花でひとつ、歌でも詠まないか」

「歌はおまえが詠んでくれ。その方が楽しい。……小狐も食べるか」

光栄は残っていたちまきのひとつを小狐にあげて、自分も別のひとつを手に取った。小狐が喜び、その場にぺたんと安座して笹の葉を剝《む》き始める。為頼は書物を置いて、雨に濡れる紫陽花を眺めて歌を考え始めようとした。

安倍晴明が光栄の邸宅を訪ねてきたのは、そんなときだった。

「突然、お邪魔しまして、申し訳ございません」と、晴明が丁寧に頭を下げた。

「おお、晴明。右大臣の家の仕事はうまくいきそうか」

「ええ、おかげさまで、いまのところ順調です」

「嫌な男を押しつけるようで悪かったね」

「そのようなことはありません。これも修行です」

晴明には先日の怪鳥の一件はすべて話してある。

「ありがとう。だが、人を人とも思わないところがある男だ。おまえをどのように扱うか分からない。おまえは私の大切な弟子。耐えかねるときはいつでも言え。すぐ手を打つ」

「恐れ入ります」

「為頼がちまきをたくさんくれたのだ。おまえもひとつどうだ」

「ありがとうございます」

晴明も甘い物は嫌いではない。酒も飲むが、光栄と同様、陰陽師として頭を使うため、甘い物を身体が欲するのであった。

光栄からちまきをもらった晴明が、笹の葉を剝いて中の甘い餅《もち》を食べる。それを見て、にっこりと微笑んだ。

「どうだ。なかなかいけるだろう」

「はい」

「特にいまのおまえには必要だったのではないか」

「え？」

「普段、精気に満ちた色男のおまえだけど、今日は少し顔色が優れない。まず、甘い物を食べて気を落ち着けるといい。話はそれからでも間に合うだろ？」

神の如くお見通しの光栄に、晴明が恐縮していた。

ちまきを食べ、水で喉《のど》を潤すと晴明が改めて威儀を正す。

「師匠、お願いがあって参りました」

「おまえ程の力があってわざわざ私に頼むと言うことは――内裏に関することか」

晴明が苦しげに頷いた。「左様でございます」

男ぶりがよく、陰陽道《おんみょうどう》に通じた晴明である。低い家柄の出身ではあったが、丁寧な仕事を積み重ねてきた結果として貴族たちに名前が知れてきた。

そうして、晴明自身を指名する仕事が入り始め、内裏への伝手《つて》もできてきた。

晴明に言わせれば、師である光栄が方々に口をきいてくれたからということで感謝の念を忘れていない。だが、光栄にしてみれば、晴明の努力と才能の賜《たまもの》である。

実際問題として、晴明が内裏に伝手を作ってくれたのは陰陽寮としてもありがたい。

内裏はこの国の政治の中心であるとともに、いまの時代の権力争いの中心だ。特に後宮はその縮図と言ってもいい。現在もさまざまな思惑が渦巻いている。

右大臣・藤原師輔には、左大臣である藤原実頼《さねより》という兄がいる。この兄弟、表面上では仲がよいが、裏では権力争いに余念がなかった。

実頼は兄ではあるものの、実際の権力争いでは弟に水をあけられたのだ。

その理由は娘の入内《じゅだい》である。

実頼と師輔は共に、自分の娘を帝や東宮《とうぐう》に嫁がせ、どちらの娘が先に皇子《みこ》を産むかを競っていた。皇子を産めば、その祖父たる自分が外戚《がいせき》として力を持つからだ。

ところが、実頼の三女・述子女御《じゅっしにょうご》は帝の寵は厚かったものの、子をなさず夭逝《ようせい》。

師輔の長女・安子《あんし》はいまの東宮であられる憲平《のりひら》親王を産んで中宮《ちゅうぐう》となった。

安子中宮は他にも皇子たちを産み、実質の権力は師輔が握っていた。

こうした内裏での相談事を、人格的にも能力的にも任せられる人物は、賀茂《かも》家の者でもそうはいない。陰陽頭《おんみょうのかみ》の賀茂保憲《やすのり》、その父である賀茂忠行《ただゆき》を除いては、光栄くらいだろう。

そこに安倍晴明が現れたのである。

苦み走った魅力的な顔立ちで内裏の女房たちの受けもよい。

むしろ、女房たちの一部では、安倍晴明個人へのかなり熱烈な支持層もいるらしい……。

おかげで晴明は陰陽寮の公的な仕事として内裏の人びとから依頼されるだけではなく、個人的にさまざまなお願い事もされるようになったのだ。

「今回の依頼は、ひとりの女房からでした。弘徽殿《こきでん》のそばにある木の大枝が折れたから、その吉凶を占ってほしいと」

「弘徽殿の木だと？」と、光栄にしては珍しく、晴明のたった一言で顔をしかめた。

そこで晴明が内裏の方々の暦や天文を読んだところ……。

晴明が答えを言う前に、ちらりと為頼を見た。為頼の人柄などは評価しているが、やはり陰陽師ではない。微妙な内裏についての占について、聞かせてよいのか――。

「あ、私は席を外そうか」と為頼が持ちかけた。

一瞬考えた光栄だったが、結局、首を横に振った。

「為頼にはいてもらおう。私たち陰陽師とは違う視点を持っているし、信頼できる」

「分かりました」

そう言って、晴明が懐から紙を取り出した。細かく文字が書かれている。

「見せてみろ」と、光栄が厳しい顔でその紙を取り、読み込む。

光栄が何か言う前に、晴明が平伏した。

「師匠、私に代わってもう一度、内裏の吉凶を占ってください」

晴明ほどの者が改めて光栄に占のやり直しを求めるとは尋常なことではない。

為頼が光栄と晴明の顔を代わる代わる見るが、ふたりの様子に気後れして何も言えない。

その為頼の様子を見て、光栄が結論だけ口にした。

「――凶兆だ。内裏に変事を企《たくら》む者がいる」

光栄は、「明日、また来てくれ」と為頼と晴明を帰し、夜を徹して占に全力で当たった。

先日、光栄が陰陽寮で指導した通り、ひとつの出来事に対し、暦や天文を読むのは原則一回きりだ。出た答えが気にくわないからと何度も繰り返しては、占の信用性が揺らぐ。

そのため、晴明は、師である光栄を頼ったのだ。

内裏には師輔の娘たちも多く入内し、部屋を賜っている。最も位が高いのは言うまでもなく中宮である安子だが、他にも何人も藤原家の娘たちが入内しているのだ。

その中で今回の事件が起きた弘徽殿は、帝の最も寵愛《ちょうあい》する女性が賜るのが常だった。最近、賜っていたのは左大臣・実頼の娘、いまは亡き述子女御だった。

それぞれが、父親の命を受けて、帝の寵を競っているのだろう。

ふと、以前、為頼が、中宮をわがままで嫉妬《しっと》深いと言っている噂があると話していたのを思い出した。そういうことも内裏における後宮ではありうることなのだろう。

父・賀茂保憲の補佐として参内《さんだい》し、帝と安子中宮の前で祭祀《さいし》を行ったことを振り返る。御簾《みす》の向こうにいるから姿は見えなかったが、伝わってくる心の調べはそのようなどぎつい方ではなかったと思うのだが……。

そのようなことを思い巡らせながら式盤を操っていると、いつの間にか日も変わった。白々と明るくなってきた。今日も雨である。

邸《やしき》の周りに人びとの往来の気配を感じる。今日の役所仕事が終わった頃だろうか。為頼と晴明には、夕方辺りに来てもらうように話してある。

光栄はそれまで少しだけ眠ることにした。

やがて、物静かな雨音をぬって、おとないの声が聞こえる。小狐が小走りに出ていった。

為頼と晴明が雨の中、光栄の邸にやってきたのだった。

光栄がいつも通りの白皙《はくせき》の如き顔立ちでふたりを出迎える。

すぐにでも占の結果の話になるかと思ったがそうではなかった。

為頼と晴明を座らせて、邸のあるじであるはずの光栄が忙しくしている。

「せっかく雨の中を二日続けて来てもらったし、時間も時間だ。昨日はそのまま帰してしまったが、今日は夕食を食べていけ。支度するから」と光栄が言ったのである。

せっかくの幼なじみの勧めだからと為頼はありがたく受け入れた。かたや、晴明の方はやたらと固辞しようとしていたけれども……。

小狐が酒の準備をして為頼と晴明をもてなす。

その間に光栄は奥へ引っ込んだきり出てこない。

そうこうしているうちに、米を蒸すいい匂いがしてきた。

用意された酒を飲みながら、為頼が晴明に質問する。

「あの、晴明どの。光栄は酒を飲まないんですかね。あいつ、こちらに来ませんね」

晴明が困ったような笑顔をして教えてくれた。

「さっき師匠が言った通りですよ。師匠自身が夕食の支度をしているんです」

「は？」と、思わず為頼は間抜けな声を出してしまった。

晴明がため息交じりに続ける。

「好きなんですよ、うちの師匠。飯の支度をするのが。米の蒸し具合もとても上手で」

「はあ。まずい飯よりはいいですね」

かみ合わない言葉を言った為頼に、さらに晴明が嘆いた。

「ただでさえ私は師匠より十八歳も年上なのです。なのに飯まで作らせてしまって、これでは本当にどちらが師匠だか分かりません。一体どうしたらいいのですか」

「あー……でも、光栄が作るって言ってるので、気にしなくていいのではないですか」

晴明はまたしてもため息をついた。

「そう割り切れるほど、人の心というのは簡単ではないのですよ」

そんなふうにしみじみ言われて、為頼は思わず吹き出してしまった。

怪訝《けげん》な顔をした晴明に為頼が謝る。

「失礼いたしました。晴明どのも陰陽師だから、人の心など掌《たなごころ》を指すように読んでしまうのかと思ってました」

「いやいや、陰陽師だからこそ、悩むものなのですよ」

と、晴明が苦笑しながらも温かみを感じさせる声で為頼にできる限り丁寧に説明した。

陰陽師は、普通の人間なら視えない、その人の運命が視える。

さらには、生霊や死んだ者の霊の訴え、物の怪《け》やあやかしの心まで分かるのだ。

陰陽というように人の心にも光もあれば影もある。

男には女。知には情。幸には不幸。成功には失敗。栄華には衰退。善には悪。生には死。相矛盾するもの同士が入り交じり、相反するふたつの要素の塩梅《あんばい》で世界が変わってくる。人生も世界も単純であるが故に、複雑なのだ。

困っている人を助けることは正しい行いとされる。しかし、そのせいで自分の家財を傾かせて自分が助けられる側に回っては本末転倒だ。

病は誰もかかりたくないものだ。しかし、一病息災ともいうように、ときに風邪で寝込んだりするとかえって身体に気を使う。まったく病気にかかったことがないと自慢して健康に無頓着《むとんちゃく》だった人間の方が、ある日突然命に関わる病になったりもする。

善と見えたものが時に悪になり、悪に見えたことが時に善になったりするのだ。

晴明の話に為頼が感銘を受けた顔をしている。

「奥が深いものなのですね」

「師匠に最初に会ったときにこう言われました。『陰陽道を学べば学ぶほど、自分が何も知らないことを知るようになるだろう。その境地に達したときに、初めて陰陽師の第一歩が始まるのだ』と。そのときはそのようなものかと思っていたのですが、最近、師匠の言う通りだとつくづく思うようになりましたよ」

晴明がどこかほろ苦い笑みを浮かべていた。

為頼がさらに質問しようとしたとき、廊下からどたどたという音がした。

「お待たせ。強飯《こわいい》の準備ができたぞ」

光栄がまばゆいばかりの笑顔で膳《ぜん》を持ってきた。後ろには小狐も膳を持っている。

夕食として光栄が用意したのは、白い米を蒸した強飯、塩を振って焼いた川魚、汁だった。強飯は器に高々と盛り上げられている。

決して贅沢《ぜいたく》ではないが、蒸したての米の香りは何よりの御馳走《ごちそう》だった。

さらに、大豆と塩を混ぜて造った醤《ひしお》、酢、塩、酒の四《よ》種器《ぐさもの》を味付けとして用意する。

「普段は塩と酢だけなのですが、お客さまがいるので光栄さまが贅沢して醤と酒も用意したのです」と、小狐がうれしそうにしていた。ご相伴に与《あずか》れるのが楽しみなのだろう。

光栄は醤が好きなのか、醤だけ量が多めだった。

膳の数は四つ。光栄、為頼、晴明だけではなく、小狐も一緒に食べるようだ。

「さあ、みんなで食べよう」と光栄が笑顔で言う。

為頼と晴明が強飯を口に運ぶのを、光栄と小狐がちょっとどきどき顔で見ていた。

「うまいよ」

「大変よく蒸せています」

お世辞ではなく、ふくふくとした飯はとても甘い味がした。

光栄と小狐も箸《はし》を取って飯を食べ始めた。

いい歳をした男たちだったが、同じ飯を食べていると、自然に顔がほころぶ。

酒も進み、為頼も晴明も楽しげに笑い声を上げたりする。

興に乗った為頼が自作の歌を披露した。

もちながら　千世をめぐらむ　さかづきの
清き光は　さしもかけなむ

——月は満月のまま千年も空を巡り、清い光を射しかけるでしょう。それと同じように酒は人の手から手へ、座をいつまでも巡りながら杯を差し向けるでしょう。

晴明がしきりに感心していた。

「いいですね。満月の光の美しさを味わいながらの酒宴の趣がしみじみ心に迫ります。いつまでも杯を共にしていたい、打ち解けた静かなひとときですね」

「そんなふうに言っていただけるとうれしいです」

「歌は難しい。言霊《ことだま》が宿るので、滅多な歌を歌ってはいけません。しかし、為頼どのの歌はこう、心が晴れます。美しい――」

多少、酒が回ってきたような晴明に、適度に小狐が水を飲ませていた。

光栄が補足した。

「晴明がいま言った通り、歌には魂が宿る。だから帝の御代《みよ》を呪うような歌が万が一見つかったりすれば、即、私たちの仕事になる」

「師匠はすごいんですよ。そういう歌の言霊もいともたやすく見抜いて、歌った本人に返してしまう。見抜くことは私にもできますが、それを返すとなると大事です」

「晴明……」と光栄がたしなめる。

為頼が焼き魚をかじりながら言った。

「私には正直なところ、陰陽師としての光栄のすごさはよく分からない。でも、晴明どの。こやつはすごい奴だというのは私も思うよ。だから私は大好きなのだ」

為頼も強めに酔っているのか。ふたりのためにと、小狐に命じていい酒を取り寄せたのだが、かえって裏目に出たのだろうか。

そんな光栄の苦悩などつゆ知らず、為頼は幼なじみを〝酒菜《さかな》〟に杯を重ねる。

曰《いわ》く、若いながらに陰陽寮を代表する陰陽師で、れっきとした貴族でもある光栄が、家事全般を任せている童と一緒に食事をしている。正確には式なのだが、光栄のそういうこだわらなさが、不思議と好ましいではないか――。

光栄は右手を突き出して、待ったの姿勢を取った。

「あんまりそういうこと言うな」

「お、照れてるのか、光栄。ははは。おまえ、かわいいな」

「為頼、おまえ、酔いすぎだ。次回からはあまりいい酒を用意するのはやめるぞ」

「つれないことを言うな」

「酢でも飲ませてやろうか」

あるじの表情を見て、小狐がうまいこと酒を切らしてくれた。光栄は飲み水に呪《しゅ》を唱える。酔い覚ましの呪である。

夕食を終え、小狐が膳を下げた。

光栄たち三人はそれぞれ柱にもたれたり脇息《きょうそく》を使ったりしながらくつろいでいる。

小狐がみなに白湯《さゆ》を配膳《はいぜん》した。

「ああ、うまい。光栄、おまえの家のものは白湯までことさらにうまい。何でだ？」

為頼が白湯を啜《すす》る。やたらと上機嫌なのは、まだ酒が残ってでもいるのだろうか。

眠くなられても困るから、光栄はそろそろ本題に入ることにした。

「さて、晴明。おまえから依頼された内裏の暦と天文の件だが」

と、言って光栄は文箱《ふばこ》の中から紙を何枚も取りだした。

白い紙におびただしい字が書き込まれている。

晴明がそれらに目を通す。その顔色がみるみる曇っていった。

「これは──私の見立てよりもひどい」

為頼も覗《のぞ》き込んだ、書いてある内容は分からないようでしきりに首をひねっていた。

「晴明がわざわざ私に頼むくらいだ。可能な限り細かく読んだ」

唸《うな》るような声を上げながら、晴明は、光栄が書いた内裏の方々の暦や天文の結果を読んでいた。その結果を何枚かめくっていたが、ふと晴明の手が止まった。

「右大臣の六男？　師匠、これは何を視たのですか」

その言葉に為頼の方が反応した。

「六男って言ったら、あの肝試しのときのか」

「そうだ。それから先日の師輔の件も改めて調べてみた」

光栄が紙束の下の方を抜いて、為頼と晴明に広げた。

晴明がそれぞれの紙を眺めながら、唸り続けている。

為頼には無数の字の羅列にしか見えないだろう。光栄に質問した。

「光栄、ここには何が書かれているんだ」

それに直接答えず、光栄は再びいつもの柱にもたれて座った。

「最近、不思議な事件が多くなってはいる。多くは特異な自然現象や本人の勘違いだが、問題は誰の所にそれが起きるか、そしてその後、どうなっているか。為頼、どう思う」

「どう思うと言われても答えようがないが、やっぱり陰陽寮に相談されるのではないか。ほら、このまえの海が青く燃えているという話みたいに」

光栄は為頼の頭の回転の良さに微笑む。

菅原道真《すがわらのみちざね》が太宰府《だざいふ》で憤死してからというもの、関係者の突然死や雷による被害などが多数起こった。それによって、貴族たちは彼の怨霊《おんりょう》を恐れるようになる。

結果、年を追うごとにますます貴族たちは、普段とは違ったものに意味を見出《みいだ》そうとして、陰陽寮に相談するようになった。自分たちでは意味が分からないからだ。

そうして、陰陽寮の仕事が増えた。

「そしてここ一年二年は、より一層、相談事が増えている。そのせいで晴明や私もよく駆り出されるようになった」

「まあ、おまえや晴明どのは凄腕《すごうで》なんだろうから、みんな頼りにしたいだろうな」

「そうやって晴明や私に大量の仕事が回ってくれば、どうなるか。忙しくてひとつひとつの仕事をこなすだけで精一杯になる。たぶんそれが狙いのひとつだったとは思う。ああ、小狐、ありがとう」

小狐が、光栄の好きな唐菓子を持ってきた。さっそくつまんで口に放り込む。

晴明も手を伸ばした。

「いただきます。……だが、それはうまく行かなかった。師匠や私が案件で忙殺されるところまでは行っていない。陰陽寮の人材の層を、少し侮っていたのかもしれませんな」

為頼も唐菓子を食べながら質問した。

「何のためにそんなことをしようとしたんだ」

「木を隠すには森の中、というものだ。大小さまざまな仕事のなかで埋没させて、案件同士の関係を隠そうとしていたんだろう。隠れてこそ悪事は行われるものだからだ」

光栄が唐菓子を味わいながらそう言った。公然と誰の目にもその企《たくら》みが明らかになってしまえば、悪事はなかなかできるものではない。

「一体、誰がどんな悪事を企んでいたというのだ」

その問いに直接答えず、光栄はため息をついて、唐菓子をもうひとつ口にした。

「悪を滅ぼすにも〝時〟がある。神仏はこの世をひとつの物語のように見ているのか、悪が力を振るうときもあるのだ」

そういうときは思い切り悪に栄えさせるのも手だと光栄は言う。栄えれば、いままで隠されていた悪の本性がかえって人目にさらされる。悪は栄えることによって自滅するのだ。

光栄が唐菓子を飲み込んで付け加える。

「有象無象の政治の移ろいなどは、しょせん五月雨《さみだれ》で水量が増した鴨川のようなもの。一時の濁りで終わる。しかし、そう言って放っておけないこともある。――それが内裏だ」

「内裏……」と、呟《つぶや》いた為頼が厳しい顔になった。

光栄が紙束を三つに分けてそれぞれを指しながら、さらに細かく説明する。

「まず一つ目。師輔の六男の肝試しの件を思い出してくれ。あのとき、六男はたしかに物の怪《け》にやられていたはずだ。しかし、私の名で退散した。つまり、私を知っていた」

「うむ……」

「二つ目。先日の怪鳥の件では、生霊をさらに術で強めていた。しかも狙いは、現在の臣籍では最高権力者である右大臣・藤原師輔だ」

「でも、あれは師輔さまの女好きの報いみたいなものだったのではないのか」

為頼がそう指摘すると、光栄は苦笑した。

「このふたつが繋《つな》がっていると最初に指摘したのは他ならぬ、おまえではないか」

「え？」

為頼の顔に疑問符が浮かぶ。

「墨だよ」

「墨？——ああ、あの墨か」

肝試し事件の引き金になった洗練されて美しい筆跡だった女の手紙。

師輔を夜中に襲った怪鳥を作り出すための女の恨みの載った呪符《じゅふ》。

そのどちらにも、ちょっとやそっとではお目にかかれない上質の墨が使われていると為頼が指摘していた。

「ほどほどの墨なら広く流通しているだろう。しかし、今回は違う。そのうえ、為頼は歌人であり、藤原氏の一員だ。そのおまえが、滅多に見られないほどのすばらしい品の墨となれば、使われている先はそうとう限られてくる」

「たしかに、そうだな……」

「そんな上質で年代物の墨が媒介となっている事件が連続し、そして今回の内裏の凶兆。これこそ偶然ですませる訳にはいかない」

由々しき事態である。為頼も思わず唸った。

「やっぱりどこかの陰陽師が力を貸しているのか。そういえば、光栄は呪術をかけてきた大本を逆に突き止めることができるのではなかったか」

「それにしても力が強すぎる。そしてそれぞれが奇妙な形で繋がっている。突き止めていった結果、内裏に行き着いたんだ。それも、後宮だ」

まるでひとつの織物を作るように、いくつもの思惑が重なり合っている。そこに大きなうねりが生まれ、物の怪たちの結界のようなものが生まれつつある。

その中心にあるのが内裏であり、後宮だった。

「後宮だと？　どういうことなんだ」と為頼が大きな声を上げた。

光栄が水を飲んで続けた。

「為頼、さっきのふたつの事件、墨以外に共通点はないか」

為頼が腕を組んだ。為頼が分からないといった顔で晴明の方を見た。

「女性、ですね。師匠」

弟子の答えに、光栄が満足した笑みを浮かべた。唐菓子をまた食べた。

「そう。一件目では、あの手紙を書いた女性。二件目では、悲しい思いをした女房。どちらにも実在の女性が関与している」

「あの手紙、それこそ二件目の女房が書いた可能性はないのか」

「ないとは言い切れない。だが、私の霊眼で視るかぎり、その可能性は限りなく低いだろう。そして今回、大枝が突如折れるという事件が起きたのは弘徽殿——後宮だ」

これ以上ここで議論していても埒《らち》が明かない。

だが、正式な依頼もないのに内裏に内奏して参内できるほど、光栄の身分は高くない。

それに問題の中心は中宮や女御たちのいる後宮。内裏のさらに奥だ。

しかし、方法はあると光栄は言う。

驚いて為頼が問うた。

「どうするんだ」

光栄はいつもの清げな乙女のような顔で答えた。

「私が女の姿になって、こっそり侵入してくるんだよ」

隣で晴明が何とも言えない顔をしていた。

気がつけば雨は止んで雲は晴れ、星々がきらめいていた。

雨が止んだのは夜の間だけだった。

翌日の明け方にはまた静かに雨が降り始めた。霧雨が京の都を覆い、肌寒い。

珍しく牛車《ぎっしゃ》に揺られながら為頼は自分の身体をこするようにした。

彼以外にふたり、牛車に乗っている。

若さと高雅に溢《あふ》れた美しい姫君が向かいにいた。

姫は美しい扇で顔を覆っている。

あでやかな襲《かさね》を纏《まと》っていた。薄の蘇芳《すおう》の色味も鮮やかで、襲目の薄青や白が目を楽しませる。裾《すそ》を車の外に垂らしているが、そのさまも上品で、趣味や人柄の良さを想像させた。

焚《た》きしめた香の匂いもこの世のものとは思えないほど洗練されている。

そばに、こちらも滅多にいないような愛嬌《あいきょう》あるかわいらしい女童《めのわらわ》を連れていた。

為頼はちらりとその姫を見たきり、また視線を動かしたり、外を見ようと腰を浮かしたりしていた。

「為頼、落ち着け」

しとやかな声で姫がたしなめた。声は光り輝く鳳凰《ほうおう》の鳴き声もかくばかりというほどの典雅な響きだった。しかし、姫にしては言い回しがおかしい。

為頼が困ったような顔で姫の方を向いた。目はあくまでも顔を見ないようにしている。

「光栄、おまえ——ほんとうに男なんだよな？」

幼なじみの妙な質問に、輝くような美しさの姫君——女装した光栄は静かに微笑んだ。

笑うときに衵扇《あこめおうぎ》で口元を覆う仕草が、ますます艶《つや》っぽい。

長い髪はかつらだ。

そばにいる女童は、こちらも女装した小狐だった。

「さて、どうだったかな？」

「う、うう……」

もともと陶然とするほど美しい顔立ちだったし、声も高めだったが、これはすごい。

ぬばたまのつややかな長い黒髪は、夜空よりも暗く美しかった。

長いまつげに覆われたやさしげな目。頬はやわらかな弧を描き、洗練された華やかさがこぼれるようだった。目が合っただけで目眩《めまい》がするほどの、上品で物やわらかな姫だ。

昨夜、後宮の状況をその目で確かめるために光栄が女装すると言い出した。

最初は嘘だろうと思っていた。いくら何でも女装はばれるだろう、と。

ところが、あれよあれよと小狐が衣裳《いしょう》やかつらなどを持ってきて。

晴明が牛車の手配その他、光栄が後宮に忍び込むための裏工作を始めて。

気がついたら為頼も、自分の母親や妹の化粧道具を拝借しに走っていた。

昨夜は光栄の家に泊まったが、目が覚めたら美麗で高貴な姫君がいたのである。

そばには「男の光栄」もいた。為頼の頭はおかしくなりそうだった。光栄が女装しているあいだの身代わりらしい。以前、為頼を驚かせた人形《ひとがた》の式であるという。

いずれにしても……。

「どうした、為頼」

「うむ……」

「光栄さま、そろそろです。言葉遣いを」と小狐がささやいた。

「そうだったな。──『どうかなさいましたか、為頼さま』」

言葉遣いを改めた光栄はもはや一分の隙もないやんごとない姫君だった。

「おまえが着替えるところを見ていなかったけど──おまえ、ほんとうに男なんだよな」

光栄と小狐がくすくすと笑っている。

「うふふ──」

「や、やっぱりこれはやめよう。浮き心ある者にでも手込めにされたらどうする？」

「為頼さま？」

「小首をかしげるなっ。きょとんとした顔で見上げるなっ。晴明どのも『いろいろマズいから気をつけろ』って言ってた。その意味がよく分かった。これは美しすぎる」

「うふふ？」

「せ、せめてもっと不細工にしろっ」

為頼の声は霧雨の中に消えていった。

牛車はごとごとと内裏へ入っていく――。


「――急急如律令」

牛車から降りるとき、光栄の声が静かに発された。ほのかな光が光栄を包む。

内裏には晴明が親しくしている女房の力を借りて中に入れた。しかし、後宮で自由に歩き回れるには、もう少し工夫がいる。

変装に自信はあったが、それだけで乗り込めるとはさすがに光栄自身も考えてはいない。

法力も使い、目眩《めくら》ましも駆使する。

これも光栄に欲心がないからできることだ。万一、某右大臣のように女房どもを物色したいから忍び込みたいなどという気持ちがわずかでもあれば、この術は成功しない。

小狐がいつの間にか見えなくなっている。どうしても内裏は詳細な構造が分からない。

そのため、姿をくらまして先回りしたりしながら小狐が道案内になってくれる。

衵扇で顔を伏せ、光栄は清涼殿をしずしずと歩いて行く。

『光栄さま、次の間が東宮付の女房たちの詰め所でございます』

主人だけに聞こえる心の声で小狐が教えてくれた。

晴明の事前の下調べで、東宮付の女房たちは比較的噂話が好きで口が軽いと聞いていたのだ。光栄はするりとその部屋へ入った。

御簾《みす》の向こうでは、杜若《かきつばた》や菖蒲《あやめ》の襲目の十二単《じゅうにひとえ》姿の女房が三人、しどけなくくつろぎながら、おしゃべりをしていた。

突然の光栄の入室に女房たちが、「あら」と声を上げて居住まいを正そうとする。

光栄は微笑みながら、

「ひさかたの雨の降る日をただ独り――。雨の降る日にひとりでいると気分がすっきりしないものですから」と、『万葉集《まんようしゅう》』の歌の一節を諳《そら》んじながら、それを制する。

光栄の声の美しさ、微笑みの愛嬌に、女房たちは自然と笑顔を返していた。

その中のひとり、肉づきのいい女房が応《こた》える。

「何と上品なお声……。今度、内裏で行われる五壇《ごだん》の御修法《みずほう》の話をしていたのです」

「帝のために五大尊を勧進して行う大切な儀式ですね」

「ええ、主上は菅原道真さまの怨霊《おんりょう》に心を痛められておられます。この御修法で少しでもお心が軽くなりあそばされればとお噂していたのです」

隣の痩《や》せた女房が口を挟んだ。

「そうは申しましても、私たちにもそのご加護がいただきたいところ」

三人目の肌がとても白い女房がため息交じりに、「そうですね」と頬に手を当てる。

「あら、何かお困りのことが？　私、物忌みでしばらく後宮から下がっていたので、最近の出来事に詳しくないの」

光栄がそう言って小首をかしげると、三人の女房は「そうでしたわね」と納得している。

光栄の法力による目眩ましが効いているようだ。

「後宮はいつも賑《にぎ》やかです」と、肉づきのいい女房が遠回しに言った。

主として痩せた女房と色白の女房が教えてくれたことだが……。

後宮での最大の話題はやはり、中宮や女御たちが帝の寵をどれほど得ているかであった。

いまでこそ、入内した右大臣・藤原師輔の娘たちが次々と皇子を産んだので、この手の話題は一段落している。しかし、しばらく前までは、師輔の兄である左大臣・藤原実頼も愛娘《まなむすめ》である述子を入内させていた。

述子女御が子をなす前に身罷《みまか》るまでは、実頼側か師輔側か、女房どもはかまびすしく帝の寵の行方を噂していたのだそうだ。ひと頃は、女房たちも両派に分かれ、廊下で顔を合わせても目を背け合うほどだったとか……。

「ところが、でございます……」と、痩せた女房が袙扇で口元を覆いながら声を潜めた。

このところ、述子女御にそっくりなあやしのものが後宮内で目撃されているのだという。

「きっと見間違えですって」と、浅黒い女房が言った。

痩せた女房がすかさず反論した。

「でも、あの襲《かさね》のお姿。私は述子女御さまのお姿を拝して覚えているわ。かすかに左肩が下がったあの歩き方、あれは在りし日の述子女御さまそのもの。先日の弘徽殿の松の枝が折れたのもきっと女御さまが何かをお訴えになりたいのではないかしら」

「弘徽殿の大枝が折れたこと、本当に恐ろしいことでした」

と、光栄がはかなげな声で言う。

「女房たちも震えていました」

「あなたは先ほど話した、そのあやしのものを見たことがあるのですか」

光栄が尋ねると、痩せた女房が大きく何度も頷《うなず》いた。

「ええ。夜、眠れないとおっしゃる安子中宮さまの物語に呼ばれて廊下を歩いていたときに。私が、驚いて息を飲んだ拍子に消えてしまわれました」

「だから見間違いですよ」と、色白の女房が繰り返す。

「私だけではないのですよ？　他の宮の女房や、帝にお仕えする上の女房たちも含めて、何人もの女房たちがそのお姿を見ているのです」

ふっくらした女房が疑問を口にした。

「仮にそのあやしのものが女御さまの霊だったとして、なぜ出てくるのです？」

「それは……童を産めないで身罷られたお恨みとか？」

「あのお方はそのようなことで恨み心を持つようなお方ではありませんでした。女房同士が勝手に争っていただけで、女御さまは従姉妹《いとこ》にあたる中宮さまと、とても仲がおよろしかったではありませんか」

ふっくらした女房がぴしゃりと言い切る。

「それは、そうでしたけど……」と色白の女房が言う。

なるほど、実際に話を聞いてみないと分からないものだ。

父親同士は兄弟のくせに権力争いで忙しかったのに、その中心であった述子と安子は仲がよかったとは……。

ふっくらした女房が続ける。

「それに弘徽殿と言えば帝のお過ごしになる清涼殿から最も近い場所であり、最も寵深き方のお部屋。現に述子女御がお隠れになってから、帝はどなたにも弘徽殿を与えていません。もし女御がそのような恨み心を抱く人であったならば、帝がいつまでも弘徽殿を述子女御のために残しておかれるでしょうか」

女御よりも位の高い中宮となった安子も、弘徽殿ではなくその西の飛香舎《ひきょうしゃ》、藤壺《ふじつぼ》のままなのだった。

痩せた女房が口を尖《とが》らせた。

「怒らないでくださいまし。そういう噂があるというだけ」

光栄は三人の女房に尋ねた。

「その、女御さまの霊かもしれない方は、どんなご様子なのかしら――」

「見た人によってずいぶん違うらしいのですが」と、ことわって、痩せた女房が話す。

さめざめと泣いていた。じっと黙って一点を見つめていた。何かを訴えるようにこちらに歩いてきた。捜し物をしていた――。

「捜し物……？」

光栄が小首をかしげた。痩せた女房が何度も頷く。

「人聞きですが、何かを捜すように部屋の中をぐるぐる彷徨《さまよ》っていらっしゃったとか、『墨、墨』と呟《つぶや》く声を聞いたとか」

その言葉に光栄は目を細めた。すぐに衵扇《あこめおうぎ》で口元を覆って驚いた振りをしたから怪しまれてはいないだろう。

ここでも「墨」が出てきた……。

色白の女房が、そんな光栄を心配して声を上げた。

「ほら、あまり怖いことを話すから、気分が悪くなってらっしゃるのでは？」

「いえ、大丈夫です。――そのお方の霊はいまも後宮にいらっしゃるのでしょうか」

「さて。ただ、女御さまのお使いになっていたお部屋の周りではなく、安子中宮さまのお部屋に近い辺りの方でそのようなお話はたくさんあります」

ふっくらした女房がそう教えてくれたとき、色白の女房が耳を押さえた。

「もうこのお話はやめにしましょう」

「あら、あなた怖いの？」と、痩せた女房がからかった。

どうやら色白の女房は、光栄を心配するフリをして自分が怖かったようだ。

「大丈夫ですよ。もしどうしてもお困りなら、そうですね。陰陽師《おんみょうじ》を呼んでみては？」

光栄の言葉に女房たちがこちらを向いた。

「陰陽師……」

「そうです。たとえば、安倍晴明どのとか」

「ああ、晴明どの」と、女房たちが口元を隠して笑い合った。

「あの方は良い方ですね」

「ええ、愛嬌《あいきょう》もおありになって知恵もおありで」

どうやらここにも晴明の評判はよい形で届いているようだ。

と、そのときだった。

「陰陽師どのもよいですが、私はあなたさまのような方がいらっしゃれば心強いです」

色白の女房がふと、光栄の方にしなだれかかってきた。

「え？」と、光栄が思わず素の反応になる。

「雅《みやび》で聡明《そうめい》そうなお顔、桃色の頬。ほっそりとした指の先までお美しい。それでいて、不思議と姉のような頼りがいを感じてしまう」

女房が身体の重みを預けてきた。

「い、いえ、私は……」

光栄を至近距離で見上げる女房の瞳《ひとみ》がかすかに潤んでいる。

どんなに間近で見られても男と見破られることはないだろうが、思わず身が引ける。

他のふたりに助けを求めようとしたが……。

「あらあら。内侍《ないしのかみ》ったら、いつまでも女童《めのわらわ》じみていて」

「私たちより年下でしょうが、とても頼りがいがあって。まるで冴《さ》え冴《ざ》えとした満月の光のようなすばらしさ。こんなにも優れていらっしゃるんだから、気持ちは分かるわ」

どんな物の怪《け》を相手にしても顔色ひとつ変えない自信はあるのに、いま襲の下は変な汗が流れている。光栄が扇で口元を隠しながら「うふふ」と微笑んでいると、部屋の外から、小狐が光栄に声をかけてくれた。

「光の宮さま……」

「あら。私の女房に見つかってしまいました。ふふ。またお話を聞かせてくださいませ」

光栄は上品に頭を下げると、女房たちの部屋から出て行く。

あとに残された女房たちは、しばらくして互いに顔を見合わせた。

あんな美しい姫が本当に後宮にいただろうか——。

「お疲れさまでございました、光の宮さま」

小狐が笑いを堪《こら》える表情をしていた。自らの式にひと言言おうとしたときに、小狐の方が機先を制して小さな紙を渡した。

「晴明からの手紙か。あやつの式が持ってきた?」

「はい」

小さく折りたたまれた紙に、晴明が調べてくれた内容が書かれている。

誰もいない廊下で急いで目を通す。

「なるほど……」

向こうから聡明そうな女房が歩いてくる。奥で雑務を取り仕切っている女房だろう。怪しまれないよう、袙扇で顔を覆い、光栄はゆっくり歩いてその場を去る。その女房は光栄とすれ違ってから少し立ち止まったようだったが、言葉は交わさなかった。

「光の宮さま」

小狐が誰もいないことを確かめ、弘徽殿の中の空いている部屋に光栄を招いた。

あるじ不在とはいえ、御簾や几帳《きちょう》は清潔に保たれている。障子も雅なことこの上ない。

ほのかに上品な香が残っているのも、心深い趣があった。

部屋に入ると、光栄は大きく息をつく。

「服も重いし、なれないと大変だな。小狐、結界を頼む」

「はい」

小狐が用意した水を飲み、いつもの唐菓子を品良く口に入れた。

光栄がひと息ついている間に、小狐が細々と動き、四方に呪符《じゅふ》を張る。

さらに小狐が四方に鋭く息を吹き、息吹《いぶき》で清めた。

美しい姫君の格好のまま、光栄は居住まいを正して目を閉じる。

呼吸を調え、合掌した。

心を柔らかくほぐす。透明となり、無我にしていく。

神仏の臨在に心を合わせ、光を念じていく――。

「陰陽師・賀茂光栄、伏してお願いいたします。藤原実頼の娘であった述子女御よ。あなたさまと思われるお姿を見たものが多数います。どうか後宮におられましたら、お姿を現しいただき、お心の一端なりともお示しください――」

柏手《かしわで》を何度か打った。

耳が痛くなるような沈黙。

しばらくして、部屋の中に小さな金色の光の玉が浮かんでいた。

その光が人の形となる。光はますます強くなり、室内を満たす。

やがてその光が優しく落ち着くと、高貴な女性の姿が見えてきた。

『ああ……ああ……』

何かを嘆く女性の声が、光栄の心に響く。

眼前に金糸でできた装束を身に纏《まと》った女性が座っていた。このようなきらびやかな衣裳《いしょう》はこの世のものではない。その身体を通して向こうが見える。肉体を持った人間ではないことは明らかだった。

いま、その女性は袖《そで》で目元を押さえ、肩を震わせている。

「述子女御さまであられますか」

『はい。やっと私の声を聞いていただける方が来てくださいました。本当にありがとう』

言葉を発するたびに、その女性の身体の周りが息するように後光が射していた。

「もったいないお言葉です」

光栄は、述子を名乗った霊に深く頭を下げる。

『ああ、それにしても、このような形でしか内裏を守れない歯がゆさ。これも前世の報いなのでしょうか。私にもっと徳があれば、皇子を産むことができたのでしょうか。そうしていれば私はもう少し生きることができて、内裏をお守りできたのでしょうか』

述子はそのように嘆きの言葉を口にしていたが、高貴なお人柄がしみじみと心を打つ。

「そのようにご自分を責めないでください。子は天からの授かりもの。大きな神仕組みはわれわれには分かりません。いまの苦しみがやがては喜びに変わることもありましょう」

光栄の言葉に述子がはらはらと涙をこぼしていた。

『しかし、私が子を成せば父は喜びましたでしょう。私が子を成さなかったばっかりに、父は嘆き悲しみました』

「御父上は御父上です。親子の縁があっても魂は別です」

『そうなのでしょうか……』

「それは政治家としての御父上が嘆いていたのではありませんか。親としての御父上はあなたさまの幸せだけを祈っていたのではないのですか」

光栄の言葉を述子が嚙《か》みしめている。

『父上……優しかった父上に孫の顔を見せてあげたかった。あんなにも私を大切にしてくださった帝に御子《みこ》を抱いていただきたかった――』

光栄は述子の話を聞きながら胸が詰まった。

言葉の端々にきらめくのは、述子という女性の魂の清らかさ。誰を責めることもしない。自分のことを少しも勘定に入れない。短命であったことさえ、多くの人の恩愛に応《こた》えられなかったと悲しんでいる。

だからこそ、陰陽師として光栄は言わなければいけない。

「蛍をご覧になったことはありますか」

『はい、ございます』

「蛍は昼間光ってもよく見えません。夜、暗闇の中で光るから美しい。女御さま、お子を授からなかった苦しみ、察するに余りあります。しかし、その苦しみの中であなたさまは帝のために心を砕いておられた。人びとを、帝と共に慈しんでおられた。女御さまのお苦しみは、その慈愛の心の尊さを増すことはあっても、減ずることはなかった。むしろ自らのお苦しみを超えて人びとを照らそうとしたお心の眩《まぶ》しさに感謝申し上げます」

光栄が静かに平伏する。

かすかに衣擦《きぬず》れの音がしたように感じた。

顔を上げれば述子が光栄のすぐそばにいた。

女御の目に、もう涙はない。気品のある笑みを浮かべている。

『あなたは優しい陰陽師なのですね』

「もったいないお言葉です」

『どうか、帝とその愛される方々をお守りください』

「あなたさまが後宮に何度も姿を現されたのは、そのことを伝えたかったからですね」

女御が頷《うなず》く。

『よからぬ者たちが、安子中宮さまを狙っています。私が御子にも恵まれ、もっと長命であったなら、安子中宮さまはそのような目にお遭いにならなかったろうと思うと申し訳なくて。悔しくて。胸の潰《つぶ》れる思いがいたします』

女御は地上を去ってなお、帝と後宮を守りたいと願い続けていた。

「女御さま、おたずねしたいのですが、女房どもが墨を求めて彷徨《さまよ》う女性の霊を見ています。これはあなたさまだったのでしょうか」

光栄の問いに述子はかぶりを振った。

『後宮には私以外の女性の霊が彷徨っています。お尋ねの者はその者だろうと思います』

「そうでしたか。どのような者かはご存じですか」

『よからぬ者、悲しい者です。帝は畏《おそ》れ多くも天照大神《あまてらすおおみかみ》さまの御子孫ゆえ、その者も手が出せずにいます。しかし、帝が最も愛されている方を狙うことはできる。帝が最もお心を痛める方法を考えたのです』

「つまり、ご寵愛《ちょうあい》されている妃や東宮さまたちを狙っている、と？」

光栄の問いに述子が苦しげな表情になった。

『よからぬ者が欲しているのは、藤壺の安子中宮のお命でございます。弘徽殿の松の大枝を折ったのもかの者の仕業。私の力が足らず、この後宮から追い出すことができないのです。もし安子中宮が御出家あそばされれば、神仏の功徳で守られ、よからぬ者も手が出せないのですが……。返す返すも、私の力不足を悲しく思います』

「ご自分をお責めになられませぬように。本来であればそれは我ら陰陽師《おんみょうじ》の仕事」

女房どもの噂話とは言え、聞くべき者が聞いていれば、陰陽寮にきちんと情報が入ったはずなのだ。

内裏といい、陰陽寮といい、男の役人どもは自分たちの範囲でしか話を共有しないことが多いという。そのせいで述子がその心をずっと痛めているのだ。

そもそも、述子の霊にここまで言わせて、右大臣以下、男どもは何を考えているのだろうか。光栄はやるせない怒りがこみ上げてくる。

陰陽師の代表として光栄が述子に謝ると、述子は初めて心からの微笑みを浮かべた。

『優しい陰陽師、あなたを信じます。その者は何かをしきりに捜しています。どうかくれぐれも――』

「はい。帝と安子中宮さまたちは必ずお守りいたします」

述子は光栄に深く頭を下げたあと、顎《あご》を反らして天井を見上げた。

『では、私はあちらの世界に戻ります――』

頭上から金色の光が降り注ぎ、述子がその光に溶けるように消えていく。

どうか帝を、中宮さまを――。

天に還《かえ》っていく最後の瞬間まで述子は光栄に頼みつづけた。

述子の霊を送り、部屋の結界を片付けた光栄は再び廊下へ出た。

弘徽殿から清涼殿へ渡っていくと、何人かの女房たちが忙しく立ち回っている。

何やら慌ただしい。

「どうなさったのですか」

と、光栄が近くの女房に尋ねると、「右大臣さまがお越しなのです」と教えてくれた。

「お珍しいのですか？」

「皇子殿下や中宮さまに会いにいらっしゃるのは決してお珍しくはないのですが、急にお越しになって。その対応が大変なのです」

女房の足を止めるのも悪いので、光栄は彼女に礼を言って離れる。

しかし、光栄は落ち着いている。

「晴明、手紙の通りの段取り。偉いぞ」と、独り言を呟《つぶや》いて微笑んだ。

今日、急に後宮に右大臣・師輔が面会に来るように仕組んだのは光栄と晴明だからだ。

晴明の口から安子中宮や内裏の霊的な見立てを報告させる。多少の誇張は許す。それによって師輔を動揺させ、事態の好転のために師輔の参内を勧める。おそらく、師輔は大慌てで参内するだろう。

光栄が知りたかったのは、後宮の気だ。

凶兆となる者が、いくつかのあやしの出来事を仕組んだ黒幕が、師輔という最高権力者がやってきたときにどう出るか。

もしただ政局を混乱させたいだけなら、師輔の登場に何かしら反応があってしかるべきだ。場合によっては正体を現してくれるかもしれない。

だが、師輔には何も反応しなかったら——そちらの方が恐ろしい。

凶兆の狙いが少なくとも入内している妃方、述子女御の言う通りおそらくは中宮であり、場合によっては帝ご自身であると、ほぼ確定してしまう。

「光の宮さま、こちらに」

光栄は小狐の案内でまた別の部屋にしばらく隠れて、様子を窺《うかが》うことにした。

ここは中宮の部屋へも近い。

ときどき、人が大勢歩き回る音がする。後宮には、安子中宮以外にも何人か師輔の娘が入内していた。それぞれの所を見舞っているのかもしれない。

「そろそろ、あやつにも来てもらいたいのだけど」

「ちょっと探してきます」と、小狐が様子を見に出ていった。

光栄は自分の式を見送ると、扇で顔を隠しながら、しばし廊下にひとり佇《たたず》んで後宮の中庭を見つめた。この時代、親族や夫以外に女性が顔を見せることはないのだ。

朝から続いていた霧雨は止んでいた。

久しぶりの日の光に、濡《ぬ》れた木々と土の匂いがして、気持ちが落ち着く。先ほど述子の霊と対話したからだろうか。心がとても敏感になっていた。

「急急如律令――」

目を閉じ、心を広げる。まるで中空からこの後宮の建物を俯瞰《ふかん》するように。

喜び、怒り、憎しみ、感謝の情。後宮の人たちの多様な感情が流れ込んでくる。

その光栄の心のどこかに、異物のようなものが触れた。

述子の霊が言っていた別の者だろうか――。

その正体を確かめようと心を集め始めたときだった。

「これはこれはお美しい立ち姿。我が娘にも匹敵する方がいたとは」

低い男の声が光栄の精神集中を妨げた。深く心を集中していたために、まるで背後から蹴《け》られたように衝撃的だった。ついで、覚えのある薫香が漂う。

思わず顔をしかめてその声の元を見ると、右大臣・藤原師輔が愛想笑いを浮かべて立っている。今日は参内だから、二陪織《ふたえおり》で二藍《ふたあい》の直衣《のうし》を纏《まと》っている。その姿は、この男の心根さえ知らなければ堂々とした男ぶりだった。

一体どこから出てきたのか。後宮の構造の把握が不十分だったようだ。

光栄は慌てて衵扇で顔を隠したまま、背を向ける。

しかし、師輔は、光栄のそんな仕草をむしろ喜んでいた。歌のひとつも口ずさみながらこちらに寄ってくる。聞いたことがない歌だから自作だろう。

「右大臣さま、通りすがりの女性に声をおかけになるなど……。そろそろ邸《やしき》にお戻りになりませんと、このあとの予定に差し障ります」

供の武士が声を上げて止める。だがその制止も聞かず、師輔は光栄に言葉をかけてきた。おかげで逃げる機会を失してしまった。

その供の武士が光栄に困ったような顔を向けた。その顔はいつも通りの、をかしの顔——晴明の呪符《じゅふ》で目眩《めくら》ましをして従者に紛れ込んだ為頼だった。

為頼は困り顔で光栄に助けを求めている。「困っているのはこっちだ、為頼」と、思わず声が出そうになった。

光栄の心の声に反応して、小狐が後ろから急に現れる。

「わわっ、光よ……じゃなくて、光の宮さま」

「ほう、光の宮さまとおっしゃるのですか。随分かわいらしい女童《めのわらわ》をそばにお連れですな。しかし、いかにも幼いと言うもの。しっかりした大人の男がいるべきです」

ついこのまえ、聡明《そうめい》そうな女房を傷つけて生霊に襲われたというのに、何を考えているのだろうか。限りなき色好みとはよく言ったものだ。

まだ生活を正すための指導が、晴明から行き届いていないと見える。

師輔がにじり寄ってきた。このままでは捕まってしまう。

殴って気絶させるか、呪術で気絶させるか。

光栄が危険な二者択一を検討したときだった。

凜《りん》とした女性の声がした。

「父上、その方は私のお友達です。一緒に碁をするお約束をしていました」

師輔が振り返る。光栄たちもその声に驚いて顔を向ける。

紫の襲《かさね》を上品に纏《まと》い、柔らかく微笑んだ美しい女性。

何より、師輔を父と呼ぶ女性。

為頼の惚《ほう》けたような声がした。

「中宮さま……？」

そこに立っていたのは、衵扇で顔を覆った安子中宮その人だった。

安子は光栄に声をかけた。

「お待たせしてしまいましたね。さ、私の部屋にどうぞ」

その声は少女のように清げだった。

第四章☆藤壺

現在、最も帝の寵を受け、後宮の女性《にょしょう》たちの頂点に立つ方、それが安子《あんし》中宮《ちゅうぐう》だった。与えられた部屋こそ藤壺《ふじつぼ》と呼ばれる飛香舎《ひぎょうしゃ》であるが、帝が生活される清涼殿から最も近い部屋のひとつである。

いま光栄《みつよし》は清涼殿内の安子の部屋ではなく、藤壺の彼女の部屋に案内されていた。

おびただしい調度品の数々だが、どれもこれも品がいい。

御簾《みす》も襖《ふすま》も屏風《びょうぶ》もよく掃除され、手入れが行き届いている。ひとつひとつの漆の丁寧さ、細工の細やかさは、見れば見るほど心が吸い込まれるほどだ。

師輔《もろすけ》の六男の別邸にあったような、見るからに贅《ぜい》を凝らしただけの品々ではない。

一部はこの藤壺に伝わる宝物の類《たぐい》もあるのだろうが、その重々しさ、洗練された品々は安子中宮の人柄と趣味の良さを感じさせるものだった。

ゆったりと纏っている衣裳《いしょう》の襲《かさね》色目は餅躑躅《もちつつじ》だが、織り込まれた文様の細かさは、着ている人の心の繊細さを物語っているようだ。徐々に色合いを変えていく蘇芳《すおう》が何とも美しい。全体として華やかな色使いだったが、それ以上に着ている中宮が輝くばかりである。

焚《た》きしめた薫香の品の良さ、あでやかさはとても言葉では言い表せない。

光栄と小狐《こぎつね》を母屋に招き入れたその安子は、ほんとうに碁の準備をしていた。

さすがに中宮の私的空間である。為頼《ためより》はいない。師輔をなだめる役目をもう少しになっていてもらうしかない。

「碁盤って重いですわね。ごめんなさい。父上は美しい人を見ると誰彼構わず声をかけるのかしら」

柔らかく、人を落ち着かせる声だった。

「いえ……」と、光栄が軽く目を伏せた。

年齢は光栄より一回りくらい上だろうが、長い黒髪は少女のようになめらかだった。顔立ちは優しげながら、潑剌《はつらつ》としたものが隠れている。

丸く秀でた額をしていて、優しい目の形をしていた。まっすぐで形のよい鼻梁《びりょう》がとても上品だ。やや小ぶりな唇は紅に彩られている。

霊となった述子《じゅっし》は儚《はかな》げな美しさを背負っていたが、安子は生命力に溢《あふ》れていた。ただそこにいるだけでも、女盛りのあでやかさは隠しようがない。それが洗練された上品さに昇華されている。

所作のひとつひとつに無駄がなく、それでいながら堅苦しくない。

碁石を持つ手もなめらかで高貴だった。

「ふふふ。あなた、この後宮の方ではありませんね」

後宮を束ねる安子である。女官たちを含め、全員の顔を覚えていてもおかしくない。

「――お分かりになりましたか」

「あなた、きれいに変装されたものですね」

どこか遠くを見るような不思議な目つきで、安子が指摘する。改めて安子が衵扇《あこめおうぎ》で顔を覆って笑う。安子がここで人を呼んだら大事である。

「中宮さま、あなたさまは――」

「ふふふ。安心なさい。人を呼んだりはしません」と、相変わらず楽しげにしている。

「…………」

光栄が沈黙していると、中宮が碁石を並べ始めた。

「一応、碁をしている振りだけはしませんと。……あなたは、まるで尊い仏像のように金色の光が全身から強く出ていらっしゃる。神仏の使いかと思いました。それなのに、父上はまるで視えない人だからあんな無礼を。ごめんなさいね」

その言葉に光栄は目を丸くした。光栄をそのように視たことに対してである。そんなふうに光栄を視たのは、祖父の賀茂忠行《かものただゆき》くらいだ。

「中宮さまは――この世ならざるものがお視えあそばされるのですか」

安子はただ微笑んだ。

光栄は無礼を承知で、正面から安子の眼を見つめる。この世ならざるものをも視ることができる天眼、見鬼の才を持つ者特有の光り方をしていた。やっと得心がいった光栄は改めて、深く礼をした。

「先ほどは、危ないところをお助けいただいてありがとうございました」

「どういたしまして。さて、あなたは何者なのですか。扇で顔を覆いましたが、実のところ、男の人なのか女の人なのかも私には分かりません。本当に神仏のお使いですか」

両手をついたまま、軽く面だけを上げて光栄が微笑んだ。

「私はそのような大それた者ではありません。陰陽師《おんみょうじ》・賀茂光栄と申します」

光栄がすんなり正体を明かした。小狐が「わわっ」と、小さく慌てていた。

安子はと言えば、大きく息を吸うように驚いた顔をしていた。

「紫宸殿《ししんでん》の前で儀式をしていた陰陽師は、男の人の格好をしていましたが」

「私の父でしょう」

「そのとき、あなたもいらしたのですか」

「おりました」との光栄の答えに、安子が手を打った。

「やはり。同じように眩《まぶ》しい人がいたような覚えがあります」

「恐れ入ります」

「今日はずいぶん変わった格好なのですね」

「この格好は、少々ゆえあって……」

思ったよりも親しみやすい性格のようだ。

しかしこれは、見鬼の才のある人間には珍しくない。

この世ならざるものが視えると言うことは、その人自身がこの世ならざる心を持っているということだ。よく言えば童のような無邪気な心なのだが、大人の世界でその心を維持するのは難しい。だから、童のように感情の起伏が激しくなることも往々にしてある。

安子の噂として我がままで嫉妬《しっと》の情が強いと為頼が言っていた。だが、実際に会ってみて、光栄には理由が分かった。

見鬼の才を持つ者特有の心の無邪気さでそう見えていたのだろう。

嫉妬深いだけの女性では中宮にはなれないのだ。

「それで、そんな格好までしてここに来られたのは弘徽殿《こきでん》の女御《にょうご》——述子さまのため？」

安子は述子のことをそのように呼んだ。その目の光が真剣だった。

見鬼の才がある安子だ。述子の霊について語っても、理解してくれるはずだ。

「先ほどお会いしました。ご心痛の内容を私がお引き受けし、いまはもう常世へお戻りになっています」

光栄の答えに、安子が安堵《あんど》の息を漏らした。長い髪が揺れる。

「よかった。述子さまの霊が向こうの弘徽殿の廊下に立っていらっしゃるのは何度も視たのです。でも、私では、そのお声までは聴きとれないのでお訴えに対して何もお答えできなくて。私にできることはただ、弘徽殿をそのまま残しておくことくらいでした」

安子の目尻《めじり》に涙がにじんでいた。

帝の寵愛《ちょうあい》深き述子の使っていた弘徽殿だからそのままにしていた、というだけではなかったようだ。安子には述子がときに弘徽殿にいるのが視えていた。だから、帝に弘徽殿をそのままにしておかれるように奏上したのだろう。

「左様でございましたか」

述子の霊は、察知した危機を安子に伝えようとしていたのだろう。

「述子さまは私より先に入内《じゅだい》なさってたから、宮中の振る舞いやしきたりが分からないでいた私にいろいろ教えてくださったのです。私より年下なのにお姉さんみたいで、お優しくて。ほんとうに頼りにしていました」

「述子女御の霊は、帝とあなたさまをくれぐれもよろしくとおっしゃっていました」

安子は堪《こら》えきれなくなったのか、とうとう涙をこぼした。

「述子さま……お亡くなりになっているのに、どこまでお優しいお方なのでしょうか」

安子はしきりに袖《そで》を目元にあてている。

光栄は安子の気持ちが落ち着くのを待って、言葉を続けた。

「述子女御はあなたさまに出家を勧める気持ちを持ってらっしゃいました」

そう言うと、安子が心底不思議そうな顔をした。

出家とは、この世のあらゆる縁を断ち切って、ただひとり仏門に入ることだ。地位も名誉も人間関係も、ある日突然にすべてを投げ捨てて、残りの人生のすべてを神仏に捧《ささ》げる覚悟がなければいけない。

貴族が出家をする場合、いくつか原因がある。

権力争いに破れた傷心だったり、恋に破れてその苦しみから逃れるためだったりもする。あるいは、有力な寺院の後継のために出家する場合もある。晩年になって来世の幸福を祈るために御仏《みほとけ》にすがる者もいる。

いずれにせよ、愛する者たちと別れ、一日中、ひたすら仏道に専念するのである。

「私に出家せよ、と……？」

出家は大なり小なり誰かに迷惑をかけるが、中宮が出家するとなれば大事である。お産みになった皇子《みこ》たちもまだまだお小さい。

「いま、私が陰陽師として内裏を占うに、凶兆が見えます。そして述子女御のお話では、凶兆は畏《おそ》れ多くもあなたさまのお命を狙っている、と。だから、女御の霊は、できうるならばあなたさまに出家していただき、神仏のご加護に守られてほしいと願っていました」

安子はため息をつきながら、碁石を打った。

「なぜ、私が狙われるのですか」

「あなたさまが帝のご寵愛深い中宮ゆえです。凶兆は本来、畏れ多くも帝のお命を欲しています。しかし、神仏の加護のある帝には触れられない。そのため、次の狙いとして帝のお命ではなく、お心を最も痛める方法を探した。それがあなたさまのお命を狙うこと」

光栄の説明を安子は瞬《まばた》きもせずに真剣に聞いていたが、逆に質問してきた。

「帝の大御心を苦しませようとして私の命を狙っているのですね？　私が帝にご迷惑をかけているから神罰が下るわけではないのですね？」

「はい」と、光栄が答えると、急に安子は声を上げて笑った。

「ほほほ。よかった。私が帝の足手まといになっているわけではなくて。もし私が帝の足を引っ張るようなことがあったら、この世のどこにも身を置くところはありませんが……。光栄どの、私の答えは決まっています。いまは出家などいたしません」

「中宮さま……」

「魔の者が私だけを狙っているなら、出家して神仏のご加護にすがることも考えます。しかし、本当の狙いが帝の大御心を苦しませることなら、話は別です。私はこの身を挺《てい》して帝をお守りしましょう。それが中宮たる者の、いいえ、入内したる者の第一の務め。宮中に入った日から私はそのつもりで生きてきたのです」

自分の命よりも、この場に残って帝のために戦うのだと、安子はきっぱりと言い切った。

光栄は目を少しだけ細くした。安子の心の中を見つめるように、しばらく彼女の顔やその頭の上の辺りに視線をやった。

「そのお言葉、本心からですね？」

安子は微笑んだまま即答した。

「もちろんです。父は政治的に利用しようとして私を入内させたのでしょうけど、それは父の勝手というもの。私にとってはどうでもいいのです」

「なるほど……」

ここまで自分の父親の思惑を否定してしまうとは、いっそ清々《すがすが》しかった。

「ただ帝に幸福な毎日を生きていただければ、それが私の幸せ。たとえ父と敵対するようなことがあったとしても私の心は変わりません。私は最後の最後まで、帝と東宮《とうぐう》と皇子たちと、そしてこの後宮のすべての女性たちを守るために戦います」

安子が凜《りん》とした声で宣言した。光栄はその姿に目を見張った。先ほど、安子は光栄が光って見えると言っていた。しかし、いまの安子こそ光を放っているようだった。

光栄はふと、寸分の隙もない美姫《びき》のなめらかな頬を笑みで崩した。

「ふふふ。恐れながら、安子さまは御父上よりも遥《はる》かに気高くていらっしゃいます」

「そうでしょうか。巷《ちまた》では、嫉妬深い女と噂されているとも聞きますが」

噂などまるで他人事のように安子が事実だけを指摘した。

「実は私は、権勢を誇る貴族と言うものが苦手です」

「うふふ。その貴族の娘を前に堂々とおっしゃるその態度、嫌いではありません」

「ありがとうございます。そして私も、貴族であることを理由にその方のお心ばえの気高さを否定するつもりはございません」と、光栄は改めて両手をついて深く頭を下げた。

「あなたさまのようなお方を、魔の者の餌食《えじき》にはさせませぬ。陰陽師・賀茂光栄、一命をかけて内裏とあなたさまの暦を汚す凶兆を祓《はら》ってみせましょう」

どこかで女房たちが楽しげに双六《すごろく》をしている声が聞こえる。

東からの風が御簾《みす》をわずかに揺らした。

まるで、弘徽殿から述子が応援しているかのようだった。


光栄は中宮の特別の許可を得て、準備を進めた。

もしかしたら大がかりな祓いになるかもしれない。

何しろ狙いこそ安子だと分かったものの、相手方の呪《しゅ》の形が分からないのだ。

呪いをかけている相手が誰かも、まだ確定できていない。

しかし、安子の覚悟に応《こた》えないわけにはいかない。

光栄はかすかに笑みを浮かべた美しい姫の顔立ちで、段取りを固めている。

「どうなさるおつもりですか」と、安子が尋ねる。

「少し力押しになりますが、内裏をすべて祓います。野分の風が何もかもなぎ倒すようなものだと思ってください。一部、天井が吹き飛ぶかも知れません」

さすがに安子は目を丸くしたが、少しして笑い始めた。「いとをかし」

光栄は淡々と準備を進めていく。

具体的には、師輔を早く内裏から退出させることが最初だった。

「魔の者は人の欲を好みます」と、遠回しな表現を使ったが、安子の方が容赦なかった。

「父は権勢欲が強いですからね。本人は欲深のつもりはないのが逆に面倒。魔をかえって引きつけてしまうかも、ということでよろしいのかしら」

「助かります」

視える人がいると本当に話が早い。安子が具合が悪くなったと女房伝手《づて》に伝えさせると、あわれなほど簡単に師輔は内裏から出ていった。

ただし、為頼には残ってもらった。先ほどまでは師輔の供の武士だったが、いまは宿直の警固の武士として目眩《めくら》ましをかける。もっとも、安子の私室は為頼が遠慮したため、藤壺の西側の砂利の上で待機である。「同じ一族ではありませんか。よろしくお願いいたしますね」と、安子が親しげに声をかけたために為頼は恐縮して、面も上げられない。

さらに光栄は、小狐に晴明《せいめい》を呼びに行かせ、その間に儀式で奏上する祭文をしたためるために筆を借りようとした。

「どうぞ。ちょうど父からよい墨をいただいたので使ってください。何でも、書の三聖《さんせい》のように、字が上手《うま》くなる墨だとか」

字が美しいと言うことが、非常な評価を受ける時代である。男であれば出世に影響するし、女性ならば美人の条件だ。字がうまくなるという墨があれば誰しも欲しがるだろう。

「その墨をお使いになったことはありますか」

「いいえ。いままでの墨がありますから、もったいなくて。もっとも、人から人へと渡ってきたようです。すでに誰かが使った形跡はありました。父もある人からもらったと」

安子が出してくれた小さな墨を手に取った光栄は、すぐに少し墨を磨《す》った。反故《ほご》にした紙の余白に字をいくつか書く。たしかに紙に墨が自ずから吸い付くような書き心地だ。

「為頼、これを見てくれ。この墨、どうだ」

言われた為頼が覗《のぞ》き込み、すぐに友の言わんとすることを察した。

「この墨の感じ、例の墨に似ている。いや、同じだよ、光栄」

為頼が興奮していた。例の肝試しの引き金になった手紙と、師輔を襲った呪符《じゅふ》に使われていた墨に間違いなかった。

「だろうな。この墨で書いた右手に何者かの邪悪な念が伝わってびりびりする」

霊的に敏感なだけの陰陽師《おんみょうじ》では倒れてしまうかも知れないくらいの邪念だ。

「何か異なことがおありになったようですね」

不思議そうに見ていた安子に光栄が簡単に説明した。

「この墨には、本来の持ち主の念が残っているのです。あまりよろしくない念です。中宮さまがお使いにならなくてよかった。これも神仏のありがたいご加護かもしれません」

例の肝試しや怪鳥の呪符に使われていた墨が、どのような使われ方をしているのか、光栄にも読み切ることができなかった部分があった。

しかし、現実にその墨を手にしてよく分かった。

墨自体が呪いの品なのだ。

この墨を使った人間か、その周囲によからぬ事が起きる呪いの品……。

「この小さな墨が、そのような――」と、安子が眉《まゆ》をひそめている。

「この墨について、何か他に聞かれていることはございませんか」

「他には」と、安子が柔らかそうな指を頬にあてて思案する。「父はこうも申しておりました。『兄である左大臣・実頼《さねより》の娘がこの墨を使って軽い気持ちで手紙を書き捨てたところ、さっそく大勢の公達《きんだち》に懸想されたそうだ』と」

何だかどこかで聞いたことがあるような話だ。

「ちなみに、どのような走り書きをされたのでしょうか」

「何でもほんの手すさびとして、『伊勢物語《いせものがたり》』を題材に架空の手紙を書いてみた、とか」

思わず光栄と為頼は顔を見合わせた。為頼の顔が相変わらず面白い。

あの肝試しの発端になった女の手紙の出所が、図らずも判明したのだ。

見鬼の才を持つような霊的に敏感な安子が、そんな品を使ったとしたら……。

「その人物はとてもこの墨を大切にしていたのでしょう。この墨を縁として、その人物の心と繋《つな》がってしまうほどに」

「その墨の持ち主は生きている人なのですか」

「いいえ。亡くなっているでしょう。中宮さまはご覧になったことはありませんか。何かを捜しながら歩き回る女性の霊」

心当たりがあるのか、安子の顔が一層険しくなった。

「あの霊は述子さまではなかったのですね。だとしたら一体――」

光栄は安子へ答える代わりに、為頼に質問した。

「為頼、この墨が誰の持ち物か、おまえに見当はつくか」

「墨そのものかよ」と、為頼が困惑した声を上げた。

「中宮さまの御前だ。知恵を巡らせよ」

「そう言われても……いや、待てよ。筆跡がしっかり残って透明感のある滲《し》みに変化している。これだけよいものとなれば最低数十年は昔の墨だ」

「墨とはそんなに長く保存が利くものなのか」

「ああ。それに黒々として素朴な見た目をしているから、遣唐使がもたらした唐墨《とうぼく》ではなく、我が国で作られた和墨《わぼく》だろう。和墨ならば、百年以上前のものということはない」

「ほう。それはなぜだ？」

「使われている膠《にかわ》が持たないんだ」

為頼の明確な答えに、光栄も安子も感心していた。

「そんな違いがあるのか」

「ああ。これだけの状態を保てると言うことは、相当丁寧に保管されたものだ。磨墨のあと、きちんと磨った面を拭《ふ》かなければ膠が腐敗してすぐにぼろぼろになってしまうから」

「なるほど」

「それだけ墨を大切に想っていた人物の持ち物ではないか」

「なぜそこまで墨を大切にしたと、為頼は思う？」

「仮に私がそんなふうに墨を大切にしたとしたら、それは墨自体のためではないと思う」

「ほう。それはなぜだ」

「墨だけを大切にしたいのなら、墨を使わずに保存する。そうではなくて、墨を使って書くことの方を大切にしたから、墨も丁寧に扱ったのではないか。つまり、それだけ『書』を大切にした人物――」

「書で有名な人物で、おまえが思い浮かべるのは誰がいる？」

光栄に重ねて質問されて、為頼が腕を組んだ。

「そうだな。例えば有名どころでは嵯峨《さが》帝、弘法《こうぼう》大師空海《くうかい》、橘　逸勢《たちばなのはやなり》」

為頼が名を挙げた三人は、後世、「書の三筆」と称されることになる。

「私たちはいま、呪いの墨の出所を探している。その三人のうち、例えば帝や朝廷に恨みを持って死んでいった人物はいるだろうか」

為頼が首をひねって考えていた。

「まず、畏《おそ》れ多くも嵯峨帝は平安《へいあん》の都を開いた桓武《かんむ》帝の第二皇子であられた。ご自身が大きなお力をお持ちだったから、いまの帝や朝廷をお恨みなされるとは思いにくい」

「私もそう思う」と光栄が頷《うなず》く。

「弘法大師空海も、我が国に真言密教という最新の仏教を持ち来たらした高僧だ。帝にも重く用いられ、真言宗の寺院ではない奈良の東大寺《とうだいじ》の長官まで任命されている」

「そもそも『弘法大師』という諡《いみな》を帝から贈られた初めての僧侶《そうりょ》だ。徳のある方だったろうから恨み事とは無縁だろう」と光栄が付け加えた。空海も除外だ。

「そう言えば光栄、残る橘逸勢は無実の罪を得て無念の死を遂げたよな」

「では為頼は、橘逸勢が怪しいと？」

光栄がその美貌《びぼう》の姿で為頼を見つめた。為頼はすぐにため息をついて首を振った。

「いや、橘逸勢だったら百年以上前の人物だ。このような和墨はそんなに長く保存できないから候補から外れると思う」

為頼のみならず、安子も大きく息を吐いた。

「これで振り出しに戻ってしまったのでしょうか。双六《すごろく》のようですね」

と安子が漏らすと、光栄が笑みを浮かべた。

「いいえ、中宮さま。先ほどの三人は呪いには関係していないとはっきり確認できました。私たちは確実に真相に近づいています。内裏すべてを祓わなくてよいかもしれません」

為頼が頭を抱え、絞り出す。

「あと有名なのは、以前話した書の三聖ともいうべき三人――」

「前に為頼が言っていた弘法大師空海、菅原道真《すがわらのみちざね》、小野道風《おののとうふう》の三人だな。だが、弘法大師空海はすでに結論が出ている」

「ああ。残るふたりのうち、小野道風は気性の激しい人物だというが、どうだろうか」

「小野道風には私は会ったことはないが、存命の人物だ。いくら気性が激しいからと言って、まだ生きている人間が自分の使っている墨に呪いを込めて、『字がうまくなる墨だ』などと流布するだろうか。ましてや帝や中宮さまに呪いをかけるような形で」

「たしかに。小野道風では墨の古さも説明できないしな」

「為頼の言う通りだ。となると、残るはひとりに絞られる」

光栄がそう言うと、室内が静まりかえった。

「それでは――」と、為頼の顔色が悪くなる。

光栄が厳しい表情になった。

「おそらく、為頼もその可能性は頭に浮かんだはずだ。しかし、そうあってほしくないと思い、小野道風の名は口にしても、その名前を口にしなかったのではないか」

「う、うむ……」

「いまから数十年以上前に活躍し、書でもって名を知られた人物。死んで何十年も経っているのに、恨みが呪いとして凝り固まるほどの人物。それは──」

光栄は為頼と安子の顔を確認した。為頼が唾《つば》を飲み下している。

そして、光栄はその人物の名を告げた。菅原道真である、と──。

その光栄の結論に、為頼の顔が蒼白《そうはく》になった。

「まさか、菅原道真公の呪いだったのか」

呻《うめ》くような為頼の言葉に、安子中宮も息を飲む。

「とすると、光栄どの」と安子が気になったことを口にした。「宮中で目撃された女性の霊はどうなるのですか。墨を求めて彷徨《さまよ》っていたという亡霊……」

「それが今回、事態を少々複雑にしていたのです。この呪いの力の根源は菅原道真の怨念《おんねん》でしょう。しかし、宮中で菅原道真の亡霊は目にされていません」

「そうです」

為頼も安子も、分からないと言う顔をしている。

「この墨は和墨。使用済みの墨なら、使っていた本人が死んだあと、毀《こぼ》れてしまってもおかしくない。ここまでよい状態で残すには相当の思い入れがなければできません。そうだよな、為頼」

「ああ、そうだ。思い入れだけではなく、しっかりした知識もいる」

「菅原道真の墨をそのように大切にしたいと思うのは誰だ」

「誰とは……まあ、身内なら取っておきたいかもしれないな」

為頼の答えに、光栄が頷く。

「為頼の言う通りだ。身内なら故人を偲《しの》ぶ物を大切にしたいだろう。とはいえ、罪を得て太宰府《だざいふ》へ送られた菅原道真の遺物を大っぴらに取り置くこともできない。その意味では墨くらいの大きさは一番都合がよかったのではないだろうか」

「なるほど。墨ならば、人目を忍んで所持できるだろう」

「そう。それも女性で、後宮を彷徨うに足る人物」と光栄が指摘した。

「菅原道真公のお身内で入内なさった方ですね」と、安子が眉根《まゆね》を寄せた。

光栄が少し複雑な表情で頷いた。

「菅原道真の子の中にはひとり、宮中に仕えて尚侍《ないしのかみ》となり、のちに親王の妃となった娘がいる。その入内が政敵に目をつけられ、菅原道真は讒言《ざんげん》された」

「その娘が――？」

生唾《なまつば》を飲んで確認する為頼に、光栄がその名前を口にした。

「その名は、宇多《うだ》帝の第三皇子・斉世《ときよ》親王《しんのう》の妃であった、菅原寧子《ねいし》――」

そこへ、女房どもの伝手《つて》を上手《うま》く使った晴明が侵入してきた。


菅原道真が九州太宰府に左遷され、無念の死を遂げたのは、一般には道真が外戚《がいせき》の権力を欲したからとされている。

道真には、皇室へ嫁いだ娘はふたりいる。

ひとりは菅原衍子《えんし》で、宇多帝の女御となって皇女をひとり生んだ。

もうひとりが斉世親王に嫁いだ菅原寧子。斉世親王は道真からは義理の息子となる。

時の醍醐《だいご》帝から斉世親王に皇位を譲位させようとしたと言う疑いが、道真を太宰府へ追いやった昌泰《しょうたい》の変である。

この変のあと、斉世親王は仁和《にんな》寺に入って真寂《しんじゃく》と名乗った。身の潔白を表すためでもあっただろう。以後、真寂法親王《しんじゃくほうしんのう》と称される。寧子自身は出家しなかったようだ。

遅れてきた晴明にこれまでのいきさつを光栄が説明する。晴明がさらに付け加えた。

「寧子さまの宝物は大内裏に保存されていたようです。しかし、臣籍に下った寧子さまのお子、源英明《みなもとのたかあきら》も十年前に亡くなり由来も伝わらず。右大臣師輔さまが管理していたとか」

「ひょっとして、父の右大臣が愚かにもこの墨を持ち出したりしたのかしら」

「——かもしれません」

師輔の娘であり、おかげで呪いに晒《さら》されている中宮が目の前にいるのである。晴明は明言を避けたが、ほとんど肯定しているようなものだった。

晴明は安子中宮を前にしても落ち着いた立ち居振る舞いを崩さないでいた。場慣れしている。さらに晴明は、藤壺で祭祀《さいし》を行う根回しをしてきてくれていた。

晴明が調べた範囲では、師輔は気に入った女性がいると贈り物攻めにする性格らしい。そのなかにどうも寧子の墨も交じっていたようで、複数の墨が出回っているようだ。

字がきれいであることは美人の条件。よい墨を使ってきれいな字をしたためることができればそれだけ周囲の噂も上がる。

だから、よい墨ならば十分な贈り物になっただろう。

しかも小さいからどこかへ忍ぶときには目立たなくていい。

女好きの師輔だ。墨をもらった女性も少なくないだろう。

「兄である左大臣・実頼さまの娘も使っているところを見ると、事の真相はもう少し込み入っているかも知れませんが……。ぜんぶがぜんぶ寧子さまの墨ではないにしても、贈り物に出された墨を調べましょう」

光栄はそう言うと懐から呪符《じゅふ》を取り出した。小さく呪を唱えて息を吹きかける。呪符を振るうと、そこから青く輝くような蝶《ちょう》が何匹も現れた。

青い蝶たちはふわふわと羽ばたいていたが、光栄が外を指さすと都の空へ消えていった。

「いまのは？」と、安子が美しい蝶の消えた空を見ながら尋ねた。

「右大臣が持ち出した墨が寧子のものであれば、すぐにここに持ってこさせるようにしました。それとここから先、安子中宮は道真と寧子に尊称はおつけになりませぬよう。尊称は敬いの心を表します。そのため彼らを応援し、力を与えてしまいますので」

実際に使ってみてよく分かった。

ただの墨にしては、念《おも》いのこもり方が尋常ではない。

相当強い存在を相手にするのだから、相手の力を増すようなことは控えておきたいのだ。

内裏では女房たちが遊ぶ声が聞こえている。貝合や歌詠みが多い。笛の音も聞こえる。

遠くでお小さい声が聞こえるのは皇子方が蹴鞠《けまり》をされているようだ。

それらの賑《にぎ》やかな声を聞きながら、光栄と晴明は飛香舎藤壺の一間に祭壇を作っていた。

「為頼、おまえにも手伝ってもらうぞ」

難しそうな顔でただ傍観していた為頼がびっくりしていた。

「私が？　陰陽師《おんみょうじ》でもないし、光栄みたいな力もないぞ」

小狐がどこからか持ってきた弓を為頼に渡す。何か言おうとする為頼に光栄が言った。

「法力だけで苦しんでいる人の心は救われない。霊的な力だけを求めていたら、それもまた魔に魅入られる。でも、為頼。おまえの真心は生霊《いきりょう》の心を救ったではないか」

青い蝶たちは思いの外、早く帰ってきた。

蝶たちによってもたらされた墨はふたつ。

「いずれ劣らぬよい品ですね、師匠」

「それらの墨を祭壇に」と命じて、光栄は独り呟《つぶや》いた。「着替える時間、なかったな」

藤壺の空いている間にしつらえるため、祭壇といっても簡単なものだ。四方を呪符で結界を張り、光栄が懐に持ってきた鏡を祀《まつ》った。さらに、懐に持ってきた白檀《びゃくだん》を焚《た》くだけである。

その鏡の前に寧子の墨を置く。

「ここから先は専門家の仕事です。中宮さまは自室にてお控えください。中宮さまには、碁の振りをしていていただかねばなりません」

光栄の諧謔《かいぎゃく》に、安子が声を上げて笑った。

「ほほほ。あなたは面白い方ですね。日がな話し相手になってくだされば、さぞかし楽しいでしょう」

「恐縮です」と頭を下げながらも、微笑んだまま付け加えた。「しかし、一日中おしゃべりをしていては、いまのそのお身体には障ります」

光栄の言葉に安子が驚き、呆《あき》れる。

「まだ帝にも申し上げていませんでしたのに。陰陽師というのはすごいものですね」

「私には分かりました」

光栄は音を立てて祖扇を閉じ、野に咲く花のように瞳《ひとみ》をきらめかせた。

安子と光栄のやり取りを、為頼が不思議そうに見ている。晴明は最初こそ分からないようだったが、何やら合点がいった顔で祭壇作りに戻っていた。

「では、私は部屋に戻って、私にしかできない仕事をしていましょう」

安子は微笑みの余韻を残しながら自室へ戻っていった。光栄は小狐を中宮の守りに当らせるために同行させるのも忘れない。

「さあ、始めよう」と、光栄が柏手《かしわで》を二回叩《たた》いた。部屋の空気が引き締まった。


為頼が矢をつがえていない弓の弦をしきりに引き鳴らす。魔除《よ》けである鳴弦《めいげん》の儀だ。その音は、誰かが小弓の遊びをしているくらいに思われるだろう。

晴明が深く深くぬかずき、祭壇に捧《ささ》げた祭文を詠み上げる。光栄がしたためたものだ。

「陰陽師・安倍《あべの》晴明、伏してお願い申し上げます」

光栄はふたりの有り様を、襲《かさね》姿のまま部屋の後ろでじっと見ながら、四方八方へ心を配っている。

ことり、と墨が動いた。

祭文を読み終えた晴明が改めて合掌し、柏手を打つ。

「真寂法親王とも呼ばれる斉世親王の妃であられた菅原寧子の霊よ、この墨をお持ちだった菅原寧子の霊よ。大切な墨をお返し申し上げます」

晴明が寧子の霊に呼びかけた。

墨がことことと音を立てる。

驚いた為頼が鳴弦の儀を止めてしまいそうになったのを、光栄は目配せで続けさせる。

光栄の霊眼には、晴明の法力が投網《とあみ》のように四方八方へ広がっていくのが視えた。

渡殿あたりで、何者かがその法力から逃げようとしているのが感じられる。

晴明も分かっているのだろう。さらに柏手を数度重ねた。

晴明が何度か寧子の名を繰り返す。

音を立てて揺れていた墨が動かなくなった。

ずん、と胃の腑《ふ》が重くなる感覚。

墨ではない、嫌な臭いが立ちこめた。物の怪《け》の類《たぐい》が発する独特の悪臭だった。

祭壇の横に、白みを帯びた薄暗い存在が立っていた。

「ひっ」と為頼が息を飲んだ。

「為頼、弓を止めるな。私を信じろ」と光栄が励ました。

為頼が冷や汗を流しながら弓を引き鳴らし続ける。

その薄暗い、煙のようにも見える存在が襲を着た女性の形になる。紅色の色目はくすんでいてはっきりしなかった。部屋の中に奇妙に冷たい空気が満ちる。全身に鳥肌が立った。

うつろな、ぼんやりした声がする。

『私の墨。父上の墨。この墨を使って呪われるがいい』

「菅原寧子さま、ですね」と、晴明が呼びかけた。

『おのれ、藤原《ふじわら》の者たち。父を辱め、親王殿下を仏門に追いやった。我が子は臣籍に下された。この墨で報いを受けよ。墨の如く黒く呪われよ。我が恨みを知れ――』

寧子の霊が悔し涙を流していた。髪を振り乱した寧子の姿は京外の乞食《こじき》よりも醜い。

その亡霊が、晴明に襲いかかろうとする。

晴明が気迫を込めた声で呪を唱えた。

「東海の神、名は阿明《あめい》。西海の神、名は祝良《しゅくりょう》。南海の神、名は巨乗《きょじょう》。北海の神、名は禺強《ぐうきょう》。四海の大神《おおかみ》、百鬼を避《しりぞ》け兇災《きょうさい》を蕩《はら》ふ。急急如律令《きゅうきゅうにょりつりょう》」

寧子の霊が晴明の身体をすり抜ける。呪の力で心の調べを神仏に合わせることで、彼女の障りを受けないようにしたのだ。これを隠形《おんぎょう》という。

光栄は、晴明の術の冴《さ》えを冷静に見つめている。

寧子の霊が鳴弦の儀を行っている為頼を見据えた。

『おまえも藤原の者か――』

寧子の両額から角が生える。牙《きば》を剝《む》きだしたその口から、ひどい悪臭が放たれた。鬼となった寧子の霊が、為頼に標的を変える。

為頼と光栄の目が合った。光栄が頷《うなず》く。

寧子の霊の恐ろしい姿を目前にしながら、為頼が力強く弓を引き鳴らし続けた。

何かにぶつかったように寧子の霊がのけぞった。だが、彼女はあきらめない。為頼に何度も襲いかかろうとして、そのたびに弾《はじ》き返される。

晴明がさらに呪詛《じゅそ》返しを重ねた。

「しかしくま　つるせみの　いともれとほる　ありしふゑ　つみひとの　のろひとく」

純白の光が晴明から寧子に向かって放たれる。その祓いの力に抗《あらが》って、亡霊が暴れた。

『おのれ、おのれ――』

遮二無二、今度は為頼を襲おうとした彼女の霊を、光栄は左手を突き出すだけの動きでぴたりと止めた。

「鏡を見なさい。いまのあなたは後宮にいたときの美しい姿か」と晴明が語りかける。

静かな言葉の中にある迫力に悪鬼と化した寧子がのろのろと向きを変え、鏡を覗《のぞ》く。

真円を描く鏡に映った鬼の姿を見て、寧子が『ひっ』と後ずさりする。

『こんな化け物は……私ではない』

「鏡に映っているのはあなたの身体ではない。あなたの心がそこに映っているのだ」

座したままの晴明が寧子を見据え続ける。

晴明は膝《ひざ》をついて寧子に向き直りつつ、呪符を構え、問いかけた。

「後宮にいたとき、あなたはもっと優しく、もっと大らかな心であったではないか」

『後宮……』

晴明が印を結んで呼びかける。

「僧の説法を聞いたことがあるでしょう。諸行無常、すべては移ろいゆくのです。人の心も世界も、すべては移ろいゆくもの。執着すべきものなんてないんですよ」

『私は何にも執着なんてしていない――』

「諸法は無我。この世のものは一切が夢幻。地位も名誉も財物も着物もなにひとつ死んで持って帰れない。持って帰れるものはただひとつ。心だけ」

『私はこんな鬼の顔になるような心では生きてこなかった。人間なら誰だって人を恨むこともあるはず。私だって人に優しい気持ちは持っていた』

牙を剝き、寧子が怒鳴った。晴明と寧子のやり取りを、光栄は頷きながら聞いている。

さらに呪符を重ねて彼女を抑えようとする晴明を、光栄が視線で押し止《とど》めた。

今度は光栄が言葉に法力を乗せて語りかける。

「碁は白と黒の石で戦います。たった一目半目の違いで、勝ち負けが分かれます。人生も同じです。つらいことも苦しいこともあったでしょう。でも、幸せなときもあったでしょう。そのたびに心の中に碁石を打っているのです。人生の出来事をどう受け止めたかという白石と黒石を」

『心の中の、碁石――』

「そして人生を閉じたときに、たった一目半目の違いで勝負がつく。死んだあとの境涯が地獄か極楽か真っ二つに分かれるのです」

寧子の頬が引きつっている。ただの言葉ではない。光栄が自らの陰陽師の法力を込めた言霊《ことだま》である。大和言葉で語る経文呪文そのものだった。

『しかし、内裏の中で権謀術数が渦巻き、強者が弱者を押しつぶしているのは事実』

「あなたは後宮を彷徨《さまよ》いながら、安子中宮さまやいまは亡き述子女御のお姿を見たことはありませんか。帝と内裏を守ろうと願うふたりの心に、あなたは何か感じませんか」

『あやつらは藤原の者。父に汚辱を与えた者たちの子孫だ』

寧子は呪いと恨みの言葉を繰り返す。

ふと、弓弦の音が途絶えた。

「なあ、菅原道真と寧子は別人だろ?」

顔をしかめて絞り出すように為頼が訴えていた。

「為頼――」

鳴弦も忘れて為頼がまくし立てた。

「父親がひどい目に遭ったからって、何で娘のあなたまで人を恨まなければいけないのだ。そんなこと、しなくていいではないか」

為頼が訴える。その目に光るものが膨れていた。

『…………』

女房の生霊の時と同じだ。為頼の衷心からの言葉が、寧子に何かを届けようとしている。

「私だって、藤原家の中では格が低いから、馬鹿にされることはある。だからこそ、私はひとかどの人物になろうって。そうしなかったら親父たちまで馬鹿にされると思うから。でも、父親のことを考えているようで、あなたのやってることは逆だろ。人を恨んで暴れ回って、そんなの、あなた自身が不幸になるだけではないかっ」

『違う。私は――』

寧子の眼が動揺する。突如として頭をかきむしり、苦しみ出した。その想いがいくつかの記憶となって、光栄たちの頭の中に映し出される――。

寧子にとって、父の道真は誇りだった。

古今東西のあらゆる書物に詳しくて、幼い寧子が尋ねる質問にはいつも丁寧に答えてくれた。父の作る歌はきれいで大好きだった。

大人になった寧子は、父のように尊敬できる素晴らしい斉世親王殿下へ入内する。欲のない、心の清らかな方だった。珠のようにかわいい皇子も授かった。

父は常々、帝への尊崇と感謝を口にしては、寧子にもひたすら帝と親王殿下へ尽くすように教育を施した。だから、寧子も一心に仕えた。

なのに――父は、道真は、藤原家の策略にはめられ、無念の死を遂げた。

誰よりも帝に忠義を尽くした父が、親王殿下を皇位につけて権力をほしいままにしたいなどと思うわけがないではないか。

娘ならすぐに分かることが、なぜ世間では分からないのか。

「しかし、現実にあなたは親王殿下の妃。それが道真の陰謀の動かぬ証拠」

何と言うこと――。私自身が父の名を貶《おとし》める元凶になってしまうとは……。

父が遠く太宰府で客死すると、今度は夫である斉世親王殿下が仏門へ追いやられた。

「寧子、出家すれば、この世で一緒に暮らすことはもうできないだろう。しかし、私が仏門へ入れば、私たちに皇位を欲する心などなかったことが世間に示せる。おまえや、おまえの父の道真どのに欲心がないことが人びとに伝わるはずだ」

そう言って親王殿下は出家されたけど、世間の見方は変わらなかった。

いちばんつらかったのは我が子を臣籍に下されたこと。

親王殿下の血を引いているのに、私の不徳でその血筋を否定されてしまった——。

昨日までは他の皇子たちと並ぶ、光り輝くような尊い皇族のひとり。それが今日からは無数にいる臣下のひとり。我が子は、昨日までのお友達に臣下の礼を取らなければいけない。当然、宮中にいることもできない——。

何もしてあげられなかった。何もできなかった。

私はただ、一筋に真面目に生きようとしてきただけなのに。

なぜ、何もかもが私から去っていくのですか。

なぜ、すべてが奪われていくのですか——。


あまりにも切ない、生前の寧子の記憶。

目を閉じていた光栄がまぶたを開いて彼女を見つめた。

「幸せはどこか遠くにあるものではない。あなた以外の誰かになれといっているのではありません。あなたの心は本来あの鏡のように光り輝いているのだから、人の価値観であれこれと飾り立てるのをやめるのです。あなたの心はあなただけの宝物なのだから」

『――っ』

寧子の額の角が揺らぎ、消える。その顔から険が取れていく。

「あなたは真面目に生きてきたのでしょう。そのせいで悔しい思いを一杯抱えてしまったのですね。お父さまや親王殿下のことで、あなたも深く傷つき、人生が無意味だったと思っているのではないですか。旅の途中で履物が壊れてしまって、自分は悪くないのにもう歩けない、もう旅を続けることができないと嘆く旅人のように」

先ほどまで暴れていた寧子の霊の力が徐々に抜けていく。

『私は、がんばって――』

「その不器用さをも神仏は愛してくれているのです。だから、履物が壊れたら、そこで座り込んで寝転んで、雲を眺め、草花を愛《め》でるのも人生の幸せ。目的地に辿《たど》り着くことだけが人生ではない。旅を楽しむことが人生の幸せなんですよ」

寧子の霊が肩を落として天を仰ぐと、光栄を見た。

『でも、そんなことして……いいのですか？』

「ええ、もちろん」

光栄はにっこり微笑むと両手で三角を作るように組んだ。光栄の全身から黄金色の光が溢《あふ》れ出す。その三角形の印から寧子の胸に金色の光が注ぎ込まれる。

寧子の表情がみるみる安らいだものに変わっていく……。

「あなたは御父上の無念をどうにかしたかった。それは娘として当然の情でしょう。でも、もう十分です。これ以上、あなたが苦しまなくていいのです」

光栄の言葉に寧子がはらはらと涙をこぼした。

『父の悔しさは晴らされる日が来るのでしょうか』

「御父上を想うあなたの気持ちは尊いけれども、それがかえって御父上の往生を妨げてしまうこともあるのです。――さあ、懐かしい人が待っていますよ。お願いします」

そう言って光栄は両手を合わせた。

祭壇の上、天井を突き抜けて眩《まぶ》しい光が差し込んでくる。

光が山の峰のように広がり、やがてひとりの男の姿になった。

『寧子――』と、呼びかけられた寧子の霊の顔がくしゃくしゃになる。

『あなた――』

光の中から現れたのは、寧子の生前の夫であった真寂法親王の霊だった。

真寂法親王は黄金の袈裟《けさ》衣を纏《まと》い、現世の僧正を遥《はる》かに凌《しの》ぐ威厳を持っていた。あの世でも修行を積んできたことが窺《うかが》える。

光栄は祭壇全体の磁場を取り仕切りながら、寧子の霊を説得し、しかも彼女のお迎えとして法親王の御霊《みたま》を招来してみせたのだ。超人的な法力だった。

真寂法親王が妻の手を取った。あとはこのまま法親王の霊が寧子を導くだろう。

そう思われた、まさにそのときだった。

――祭壇の墨から黒々とした煙のようなものが立ち上がった。


突然、部屋の外で轟々《ごうごう》と風が唸《うな》った。御簾《みす》がばたばたと音を立て、ちぎれ飛ぶ。

立ち上がった黒い煙のようなものを見た瞬間、光栄は鋭い声で弟子の名を呼んだ。

「晴明ッ」

何かあれば呪符で寧子を抑え込もうと身構えていた晴明だったが、その矛先を変えた。

「急急如律令ッ」

気合いを込めて呪符を放ち、黒煙を取り囲む。

しかし、黒煙がそれに抗《あらが》う。

落雷のような耳をつんざく巨大な音がした。

「うわっ」と叫び、為頼が後ろに吹き飛ばされる。

晴明の法力がすべて真っ向から打ち破られていた。

「何という力だ」と晴明が目を剝《む》く。

その間にも黒煙が膨らんでいく。

「為頼、鳴弦の儀を続けろッ」

光栄に言われ、上体を起こした為頼が、慌てて弓弦《ゆづる》をもう一度引き鳴らし始めた。
晴明の呪符に、空気を震わす鳴弦の音が加わり、黒煙が一瞬弱まった。
光栄にはその一瞬で十分だった。
「高天原天《たかまのはらあま》つ祝詞《のりと》の太祝詞《ふとのりと》を持ち加加《かか》む呑《の》んでむ。祓《はら》え給《たま》い清め給う」
大祓詞《おおはらえのことば》全文と同じ力を持つとされる最上祓《さいじょうのはら》いを光栄が唱えた。
それと共に、両手を下から上に持ち上げるように動かす。
光栄の法力に守られ、後押しされて、寧子と真寂法親王の霊が天へ昇っていく――。
黒い煙が大きく膨らみ、晴明の呪符の結界を力ずくで破った。
大きく膨らんだそれから、人間の腕のようなものが、寧子たちに向けて伸びていく。
「急急如律令ッ」と、光栄が大音声で五芒星《ごぼうせい》を切り、その腕にぶつけた。
光栄の法力をまともに食らって闇の腕が雲散霧消する。
その間に、寧子たちの霊は天へ昇り、姿が見えなくなった。
『おお、おお――』
中年の男の嘆く声と共に、黒い煙が天井に溜《た》まる。
「み、光栄、何だあれは。鳥肌が止まらん――」
為頼の声が震えている。
晴明が新しい呪符を構えていた。

光栄はむしろ先ほどまでよりも落ち着いた顔で両手を合わせていた。

『娘――私のかわいい娘をなぜ奪うのだ、陰陽師《おんみょうじ》』

恨み、悔しさ、悲しみ、怒り――さまざまな感情が入り交じっている。耳にしただけで身体中にしびれが走るような邪気。相変わらず周囲は野分のような暴風が吹き荒れている。

「娘って……光栄、まさか」

そのときだった。めりめりと生木を裂くような音がした。

「何と」と晴明が上を見て驚愕《きょうがく》の声を発する。

見上げれば、この部屋の屋根が引き裂かれ、吹き飛ばされていた。

空には黒々と墨色の雲が凄《すさ》まじい勢いで渦を巻いている。

その暗雲の中心部に、血の色の瞳《ひとみ》をした憤《ふん》怒《ぬ》と憎悪の巨大な目がふたつ見えた。

「光栄、光栄――ッ」と為頼が必死の形相で友の名を呼ぶ。

『娘を返せ。私の名誉を返せ。すべてを返せ――』

邪眼が呪詛《じゅそ》の言葉を発すると、ますます風はひどくなり、部屋は揺れるようだった。

「あれが、すべての元凶だ」と光栄は答えた。

為頼がさすがに恐怖の色を鮮明にした。

「あのようなものがこの世に存在するのか――」

「為頼よ、右大臣が寧子の墨を持ち出したのは決して偶然ではない。裏でそそのかした者がいる。その者は父を想う娘の情によって寧子を縛り付け、悪鬼として使役していた張本人。――怨霊《おんりょう》となった菅原道真の御霊そのものだ」

天を覆う巨大な暗雲に不気味に見開かれた邪眼――菅原道真の怨霊が光栄を睨《にら》んでいた。

暗黒の邪眼となった道真が、悲しげな声を上げた。

『ああ、おぬしらはわしと寧子を引き離した。孝行娘の寧子よ。私の元に帰ってきておくれ。ああ、何ということだ。親子の縁を断ち切るとは何という人でなしなのだ』

言い返そうと口を開きかけた為頼を、晴明が止めた。

「為頼どの、何もしゃべるな。言葉だけならば道真の言うことに一理ありそうに聞こえる。それに反論していくうちに相手の論に絡め取られるぞ」

「し、しかし――」

「おぬしと生前の菅原道真、どちらが頭がいいか考えてみろ。勝てる自信がないなら師匠に任せるんだ」

「それは……」

「しかも、すでに怨霊。人間であることを捨てた存在だ。地獄の底の無尽の憎しみと恨みを吸い込んで力をますます強くしている。襲いかかってきても、私の法力で押し返すことはできるから、おぬしからは手を出すな」

　為頼が光栄の顔を見た。

「心を散らすなよ、為頼。『自分と神仏は一体なのだ』と繰り返し心の中で唱えていろ」

　光栄は表情を消して静かに佇《たたず》んでいる。

　光栄の指示に集中しようとした為頼だったが、何度か言い淀《よど》んで光栄に声をかけた。

「教えてくれ、光栄。道真の御霊は自分の娘の往生を快く思っていないのか。親なら娘の幸せを願うものではないか」

　光栄が相変わらず無表情のまま応《こた》えた。

「おまえの言っていることは両方とも合っている」

　父親として娘をかわいがり、手元に置いておきたいと思う。自分の言うことを聞いてくれたらうれしくも思うし、離れていけば悲しい。

　親孝行だった娘を光栄に奪われたと、道真は本気で思っている。

　しかし、いまの道真は御霊である。恨みと憎しみで怨霊と化した存在だ。

　怨霊とは人びとに災いをもたらし、国家をも揺るがす存在である。

　自らの心の憎しみの炎にその身が焼かれる地獄が住処《すみか》だ。

　道真はその世界に娘の寧子を一緒にいさせたかったと言っているのだ。

　なぜなら、道真にはその地獄の世界だけが自分の世界のすべてだからだ。

いまの道真が寧子に親孝行してほしいということは、強盗殺人を犯した悪人が自分の悪事を娘に手伝わせているのと同じである。

これ以上、悪事を犯させないために光栄が寧子を救い出したのだが、それがまったく逆に見えるのだ。山賊の群れの中から、その首領の娘の足を洗わせたようなものだと例えれば分かりやすいかもしれない。

晴明が呪符を手に道真に迫る。

「亡くなってたった五十年あまり。すでに立派な怨霊と成り果てたか」

『わしは藤原家の者たちに利用されただけだ。憎い。わしは帝を守らんとしただけだ。憎い。藤原氏の繁栄は悪の繁栄だ。すべて皆殺しにしてやる』

「私とて、怨霊に念力で負けるつもりはない。さあ、地獄に還《かえ》れッ。――急急如律令ッ」

晴明が呪符を投げつける。電雷を纏《まと》ったかのような呪符が邪眼を打ち付けた。

しかし、道真は動じない。

晴明の法力が暗雲全体を電撃に包んでいたが、道真は呪詛を吐いていた。

『呪術など効かぬ。我が憎悪は陰陽師を超える。否、神をも超える。憎い。憎い。憎い』

邪眼が燃えるように光る。雷撃の縛《いまし》めが消えた。

道真が『かッ』と、晴明を一喝するように厳しく声を発する。

これまで静かに心を澄ませていた光栄が右手を大きく振り上げた。

「晴明ッ」

光栄の右手が何かを掴《つか》むように動いた。邪眼から晴明に放たれた燃える黒炭の塊のような邪気の塊が、軌道をねじ曲げられ、光栄に迫る。

「東海の神、名は阿明。西海の神、名は祝良。南海の神、名は巨乘。北海の神、名は禺強。四海の大神、百鬼を避け兇災を蕩ふ。急急如律令。我、神仏と一体なり。唯光明《ゆいこうみょう》、魔障撃《ましょうげき》退《たい》っ」

晴明を狙った怨霊の一撃を光栄はわざと自らに引き寄せると、自らの法力で打ち消した。

打ち消された魔の一撃が、細かな水晶に変わって光栄の周辺に舞い散る。

為頼はおろか、晴明でさえも光栄の凄まじい力に声も出ない。

それは道真も同様だったようだ。

表情をゆがめながら呪詛の言葉を闇雲に放ち続ける。

『憎い。殺す。憎い。殺す。殺す殺す殺す殺す殺す――』

道真が次々と怨霊の攻撃を放った。

御簾が強風になぶられ、几帳《きちょう》が倒れた。壁代が裂ける音がして、障子や衝立《ついたて》も音を立てて倒れる。激しい野分が来たような有り様だった。

しかし、怨霊の力は、光栄にかすり傷ひとつ与えることはできない。

あらゆる邪念は、光栄の身体に触れる前に水晶の粒となって消えていくばかりだった。

天を覆う道真の邪眼から吹き付ける強風に姫衣裳《いしょう》を揺らしながら、光栄が対峙《たいじ》する。

光栄の顔はどこか悲しげだった。

「あわれなるかな、菅原道真。生きていたときには学問を修め、詩歌にも書にも優れ、帝の信も厚かったのに、死して怨霊となっては呪詛しか言えぬとは。藤原氏の勢力争いに巻き込まれたという言い分も一理ある。しかし、その最期を憎しみのみで終えた悲しみよ」

風のように走る馬で土塀に激突したような、その衝撃の強さ。

あるいは切り立った崖《がけ》から身を投げたような、どこまでも落下していく奈落《ならく》の世界。

永遠に終わることのない憎しみの世界で自らの魂を焼かれているのは、その心ゆえ。

その憎しみの心が道真の時間を止めているのだ。

光栄は顎《あご》を反らしてまっすぐに邪眼を見据える。

その姿はまるで、嵐に身を捧《ささ》げようとする神話の姫さながら。

『あ、ああ――』

道真が光栄の無言の気迫に、動揺した。

その刹那《せつな》に勝負は決している。

「菅原道真よ、いまはまだ、おまえの魂に安らぎをもたらすことはできない。しかし、時来たりなば、必ず引導を渡そう。私は、神仏の命を受けて暦の心を読む者なのだから」

『ぐぐ……』

怨霊が悔しげに呻《うめ》いている。

「いまのおまえにかけてやる慈悲があるとすれば、それは——これだ」

光栄は両手で印を結んだ。

晴明に自分に合わせろと命じ、晴明が師と寸分違《たが》わぬ動作をする。

太刀を構えるように両手を組んで振り上げ、気合いの声と共に天へ切りつける。右上から左下へ、左上から右下へ。そしてまっすぐ縦一文字に——。

そのたびに真っ白い光が怨霊の身体を切り裂いた。

『ぎゃあああああ——』

天女の如き光栄の流麗な声が響く。

「奇《き》一《いっ》奇一たちまち雲霞《うんか》を結ぶ。宇《う》内八方五方長男《だいはっぽうごほうちようなん》、たちまち九籤《きゅうせん》を貫き、玄都《げんと》に達し、太《た》一真君《いっしんくん》に感ず。奇一奇一たちまち感通。如律令ッ」

巨大な光が部屋に炸裂《さくれつ》した。

太一真君は天地の根源を司《つかさど》るとされる陰陽道の神であり、神道における天地開闢《てんちかいびやく》の神である天御中主神《あめのみなかぬしのかみ》の別名。

人の身では祈ることしか許されぬ存在を、光栄が祈禱《きとう》で降臨させたのだった。

その神の光が、光栄を依《よ》り代として地の藤壺から天の暗雲へ一挙に押し寄せる。

道真も負けじと、強大な呪詛で対抗した。

呪と呪の激突で生じた風に、調度品の数々が飛ばされる。
しかし——闇は光に勝てない。
太陽が朝霜を溶かすように、太一真君の光が怨霊の闇を一掃していく。
『ああああああ——ッ』
圧倒的な光の奔流に、道真の怨霊が消し去られていった。
怨霊の気配が消えたとき、鋭く乾いた音がして、祭壇の墨が割れていた。
「お、終わったのか、光栄」との為頼の言葉に光栄は頷《うなず》いた。
「ああ、終わった」
屋根がなくなって丸見えになった空を見れば、白い太陽が顔を出していた。
どこからか米を蒸す匂いが漂い始めていた。

かりそめの結び

安子中宮《あんしちゅうぐう》はご自分の部屋でゆっくりと待っていた。

道真《みちざね》の怨霊による激しい風が吹こうとも、彼女は動じずにいたのだ。

「いかなるものが相手でも、私が慌てては後宮の女たちが全員、恐慌をきたしますゆえ」

怨霊を撃退して戻ってきた光栄《みつよし》たちに、安子はそう答えたのだった。

安子の横では、彼女を守るために相当の霊力を使った小狐《こぎつね》が肩で息をしている。

無理もない。万が一にも、魔の物の攻撃に遭わないように、中宮を抱きしめて魔から、それも道真の怨霊から目眩《めくら》ましさせる身固めを行っていたのだ。

ぐったりしている小狐を抱えて、光栄たちは内裏をあとにすべく、牛車《ぎっしゃ》に乗った。

「光栄、先の祓《はら》いで乱れた調度品や吹き飛んだ屋根はどうするんだ」

「こういうときのために式神はいるのだよ。晴明、おまえの式神で修繕を頼むぞ」

「かしこまりました」

ごとごと揺れる牛車の中で、小狐は光栄の膝《ひざ》の上で寝ている。だから、牛車の御者も晴明の呪符による式だ。

ただの愚かな貴族子弟の肝試しから始まった一連の騒動は、その黒幕が菅原道真《すがわらのみちざね》の怨《おん》霊《りょう》という予想外とも言える大きな存在にぶつかり、結末を迎えたのだった。

まだまだ菅原道真の怨念は尽きる気配はないようだ。

国のためにあれだけ尽力した人物の末路としては哀れとしか言いようがない。

とはいえ。

あの様子では、もう何度かお相手しなければいけないだろう。

狙いが何であれ、そのたびに光栄は叩《たた》き潰《つぶ》す。

道真が、もうかなわないと心底観念して、恨み続けるのに疲れ果てるまで。

そうなったら、きっと、あの御霊《みたま》も安らぎの世界に旅立ってもらえるかも知れない。

まだまだ時間がかかりそうだったが……。

「なあ、光栄。中宮さま、私たちが相手したのが寧子《ねいし》さまだけではなくて、道真の怨霊だって絶対に気づいてたよな」

為頼《ためより》が苦笑しながら、姫装束のままの光栄に言う。質問というより、確認だった。

後宮から去り際に、安子は何か言いたそうでありながら、すべてを飲み込んだような複雑な顔をしていた。

「光栄どの、また何かあったときはお呼び立てするのでしょうね」と安子は言っていた。

「そのときはいつでも馳《は》せ参じます。あと今日のことは、晴明《せいめい》の手柄にしてください」

「ふふふ。分かりました。光栄どののことを話すとしたら〝光の宮さま〟に触れなければいけませんからね」

思わぬ安子の軽口に、光栄は苦笑した。

「そうですね」

「次回もその格好でおいでになってくださいませ。とてもよく似合っているから」

それはともかくとして、光栄は為頼に答えた。

「あのお方は別の家に生まれていたら、高名な巫女《みこ》としてその法力を振るっていたかもしれんな」

牛車の中に鳴弦《めいげん》の音が響いていた。

「光栄、中宮さまがすんなり自分の部屋に戻られたのが私には意外だったんだが、おまえは中宮さまに何を話したんだ」

姫姿の光栄は、美しい文様の織り込まれた袖《そで》を口元にあてて笑った。

「ふふふ。鈍感だな、為頼は。——中宮さまのお腹にはお子が宿っておられる」

「…………へ？」

「をかしの顔をするな。だから、中宮さまはご懐妊だよ」

事情が飲み込めるにつれて、為頼の顔が驚きの表情になっていく。

「ご懐妊。素晴らしいではないか。中宮さま、想像していたよりも大胆なお振る舞いだなとおもったけど、やっぱりあれか、『母は強し』ってやつか」

「帝との間に何人も御子を授かった中宮さまとはいえ、ご出産となれば命がけの大仕事であることには変わりない。お腹の中の新しい命を守るために、無意識のうちに自分の魂を削るしな。ご懐妊から日が浅ければなおさらだ。道真は、中宮さまが霊的に不安定な時期を狙ってきたのだろう」

だが、光栄や晴明がそのことを知った以上、今後は陰ながら守りを固めることができる。怨霊も同じ手を二度は使えないだろう。

「それにしても……」

「どうした？」

為頼が手を動かしながら尋ねた。

「私はいつまで鳴弦をしていたらいいんだ？」

内裏を出てからもずっと、為頼は光栄の指示で弓弦《ゆづる》をびんびんと弾き鳴らしている。

「仕方ないでしょうな。ほら、あの辻《つじ》にも小さな物の怪《け》やあやかしがうろうろしている」

と、晴明が閉じた檜扇《ひおうぎ》で辻を指しながら苦笑している。

道のあちらこちらに小さいのや大きいの、毛むくじゃらのや老人のようなのが、鳴弦の音に恐れを成して散り散りになっていく。

「何しろ、怨霊の本体が内裏に出現したんだ。一歩間違えれば帝を守る内裏の結界はすべて崩れて、建物はあっても、鬼や物の怪《け》が入りたい放題の地獄になっていたかもしれなかったんだからな」

「あれって、そんなに危険なことだったのか」

「怨霊の力を侮らない方がいい。自分ひとりで戦おうとするなよ」

「神仏への信仰心、そのご加護がなければ危ういというのだな」

「その通りだ。よく悟った」と光栄が笑いかけた。

京の都の霊的中心は内裏だ。その内裏が怨霊によって乱されたのである。内裏の周辺の磁場が乱れているのは当然だった。

大内裏の道を細かく牛車で回りながら、鳴弦を続けていく。

相変わらず有象無象の物の怪やあやかしが逃げ回っていた。

「本当に切りがないな」

「季節外れの鬼遣《おにや》らいだと思ってがんばってくれ」

と、光栄は嘆く為頼に対して鷹揚《おうよう》にしている。

為頼が鳴弦をしながら話しかけてきた。

「光栄よ」

「どうした、為頼」

「さっきはそれどころではなかったし、勢いでやってたけどさ。私は陰陽師《おんみょうじ》でもないし、修行とかしたことないし。何で私の鳴弦の儀で物の怪たちが祓えてるんだ」

「ふふふ」と、相変わらず清楚《せいそ》な姫姿で光栄が扇を口に当てた。

「『ふふふ』ではなくて。寧子さまの霊やあの怨霊も視えたぞ？　どうしてなんだ？」

光栄はふわふわと自分の顔に衵扇《あこめおうぎ》で風を送りながら答えた。

「磁石という鉄に吸い付く石があるのは、おまえも知っているだろう」

「噂では聞いたことがある」

「強い力を持った磁石についていた鉄は、それ自体が磁石になって鉄につく性質を持つ。それと一緒だ。陰陽師としての私と一緒にいたおまえにも、少し法力が備わったんだよ」

為頼が少し誇らしげな顔になった。

「そ、そうなのか。ははは」

これまでにも増して、為頼が音高く、しきりに鳴弦の音を鳴らす。

「まあ、慢心したらすぐにおかしくなるから気をつけろ」

「そうであろうな」

光栄の膝の上で寝ていた小狐がむにゃむにゃ言っている。

「何よりも大事なのは、おまえの純粋な心なのだよ。おまえは今回、恨み苦しむ女たちのために悲しみ、泣いていた。その心の純粋さこそ、神仏の嘉《よみ》し給《たも》うものであり、真の救いになったのさ」

だからこそ、光栄の法力に感化されもしたのだろう。

しかし、為頼はため息交じりに呟《つぶや》いた。

「それはそれでうれしいが、やはり右大臣さまの歌会には誘ってもらえないかなぁ……」

右大臣・師輔《もろすけ》と最初に会ったときの口約束のことだ。

光栄はかなり驚いた顔で為頼を見た。

「おまえ、あれだけやらかしといて、まだ歌会に呼んでもらえると期待していたのか」

ここまで来ると人が好《よ》いを通り越して、おめでたい。

「やらかしたのはおまえの方ではないか」

「あれは、おまえのために言い返したのではないか」

「……そうだった」

「それに、最後の生霊《いきりょう》のいたずらは、為頼の方が大笑いしていただろ」

「ぐっ――」

為頼が苦悶《くもん》の表情で鳴弦していた。

だが、歌で名を成したいと思っている為頼にとっては大事なのだろう。苦悶の境地から、魂が抜け出た諦念《ていねん》の境地に移行しつつあった為頼を見ながら、光栄は肩をすくめた。

「大丈夫だ、為頼」

「うん？」

「父親の方がだめでも娘の方がいる」

「え?」

「近々、安子中宮主催の歌会が催されるだろう。そこにおまえも招待されるさ」

「本当かっ?」と、為頼が喜色満面で聞き返す。

「ああ、私の占によれば間違いない」

「何だ、占いか――」と為頼の笑みが苦笑に変わった。

「為頼、私は陰陽寮《おんみようりよう》一の占の腕だぞ」

目を見張るような美姫《びき》姿で自信満々の光栄を見ながら、為頼が頷《うなず》く。

「そうだな。何より私の親友だ。信じるよ」

為頼の返事に満足げに微笑むと、光栄は懐の呪符《じゆふ》を一枚、外に放り投げた。

呪符が青い蝶《ちよう》となって内裏の方へ舞っていく。

その蝶の美しさに為頼が見とれていた。

「どうした、為頼」

「あの青い蝶の美しさは、おまえの美しさの表れなのかなと思って」

「またおまえは思ったことをそのまま言う……」と光栄が袒扇で口元を隠す。

「いや、深い意味はないんだ。ふと思っただけで――」と為頼が赤面してそっぽを向き、青い蝶だけを熱心に見つめるふうにしていた。

為頼に聞こえないように晴明がこっそりと光栄にささやきかける。

「師匠、安子中宮さまのところに蝶の式を飛ばしたのですね？　為頼どのを中宮さまの歌会に呼んでくれと」

「まあな」と、光栄は絶世の美女の笑みを浮かべた。

「ふふ。この占いは絶対外れませんな。さすが、師匠は陰陽寮一の占の名手です」

為頼がこちらに振り向いた。

「どうしたのだ。光栄も晴明どのもふたりだけでにこにこして」

光栄の膝《ひざ》の上の小狐が目を覚ました。

「わわっ。すっかり寝てしまいました」

途端に誰かのお腹が鳴った。

「為頼か？」

「いや、違う」

小狐が真っ赤な顔になった。「寝て起きたら、お腹が空《す》きました……」

光栄たちは声を上げて笑った。

「私もお腹が空いた。家に帰ったらうまいものを食べよう。ああ、季節外れの鬼遣《おにや》らいなんて見てたら急に餅《もち》が食べたくなった。米は用意しておくから、為頼、明日餅つきをしてくれ。童たちにも食べさせよう」

「いいけど、明日も雨なのではないか」

「いいや、明日は晴れるよ。そして吉報もきっと来る」

光栄が自信ありげに微笑んだ。

光栄の邸《やしき》で童たちにせっつかれながら餅つきに精を出していた為頼の所へ、中宮直々の手紙で歌会の誘いが来て、為頼が腰を抜かすのはまた別の話――。

光栄たちが乗った牛車に、どこかの寺の鐘の音が響いた。

ほととぎすの鳴き声が聞こえる。

橘《たちばな》の白く美しい花が、よい香りを漂わせていた。

この作品はフィクションです。
実在の人物や団体などとは関係ありません。

あとがき

こんにちは。富士見L文庫では初めて作品を書かせていただきます、遠藤遼《えんどうりょう》と申します。

今回は『平安あかしあやかし陰陽師』をお読みくださり、本当にありがとうございます。

主人公は賀茂光栄《かものみつよし》。陰陽頭の賀茂保憲《やすのり》の子であり、天文道《てんもんどう》を引き継いだ安倍晴明《あべのせいめい》に対し、暦道《れきどう》を受け継いだ陰陽師です。

賀茂光栄の資料は本当に少ないのですが、当時の貴族たちは光栄のことを神の如しと手放しで褒めて日記に残し、安倍晴明と並び賞賛していました。光栄が亡くなったときには、これでこの世は終わりだと嘆く貴族もいたようです。

その一方で、老年に呼ばれた藤原彰子《ふじわらのしょうし》のお産の祈禱《きとう》で、身なりに無頓着《むとんちゃく》だったことが災いして顰蹙《ひんしゅく》を買ったりと、とらえどころが難しい、まったく不思議な人物でもあります。

現代では歴史に埋もれたようにも見える賀茂光栄。彼はどう評価されるべきなのか――。

陰陽師についてあれこれ考えていたとき、ふと思ったのです。呪いをかけるには相手の名前が必要。つまり、光栄が歴史の表舞台に名や姿を極力残さないことは陰陽師としてとても大事だったはず。名利を捨てて陰陽師の使命のみに徹底したのではないか。

そのとき、平安時代の闇の中にふと光栄の横顔が垣間見えた気がしたのです。それは、安倍晴明を超える神秘性と懐の深い坂本龍馬《さかもとりようま》的な魅力が融合した偉大な陰陽師の姿でした。

当初は、その神秘性を前面に押し出すために、光栄を女性として描こうとしました。しかし、最終的には、性別を超えた天上の美貌《びぼう》の持ち主となりました。さらに調べていくと紫式部《むらさきしきぶ》の叔父、藤原為頼《ためより》が光栄と同年の生まれと知り、このふたりを軸とした物語が始まりました。あやしくも美しい、平安絵巻となっていれば作者として最高です。

最後になりましたが、この物語を書籍化していただきました富士見L文庫のみなさま方はじめすべての方々に心より感謝申し上げます。特に担当編集のK様、いつもきめ細かで機敏なご対応をいただき、本当にありがとうございました。

沙月《さつき》様には本当に素敵なイラストを描いていただき、ありがとうございました。おかげさまで繊細で美しく、物語に相応《ふさわ》しい表紙になりました。

どうか読者のみなさまの心が、笑顔と幸福で満たされますように。

二〇一八年十月　遠藤遼

お便りはこちらまで

〒一〇二―八五八四
富士見L文庫編集部　気付
遠藤　遼（様）宛
沙月（様）宛

富士見L文庫

平安《へいあん》あかしあやかし陰陽師《おんみようじ》
怪鳥放《かいちようはな》たれしは京《きよう》の都《みやこ》

遠藤《えんどう》 遼《りよう》

平成30年10月15日　初版発行

発行者　三坂泰二
発　行　株式会社KADOKAWA
〒102-8177　東京都千代田区富士見2-13-3
電話　0570-002-301（ナビダイヤル）

印刷所　旭印刷
製本所　本間製本
装丁者　西村弘美

定価はカバーに表示してあります。

KADOKAWA　カスタマーサポート
［電話］0570-002-301（土日祝日を除く11時～13時、14時～17時）
［WEB］https://www.kadokawa.co.jp/（「お問い合わせ」へお進みください）
※製造不良品につきましては上記窓口にて承ります。
※記述・収録内容を超えるご質問にはお答えできない場合があります。
※サポートは日本国内に限らせていただきます。

ISBN 978-4-04-072928-2 C0193　　Printed in Japan

暁花薬殿物語

著／佐々木禎子　イラスト／サカノ景子

ゴールは帝と円満離縁!?
皇后候補の成り下がり“逆”シンデレラ物語!!

薬師を志しながらなぜか入内することになってしまった暁下姫。有力貴族四家の姫君が揃い、若き帝を巡る女たちの闘いの火蓋が切られた……のだが、暁下姫が宮廷内の健康法に口出ししたことが思わぬ闇をあぶり出し？

富士見L文庫

かくりよの宿飯

著／友麻 碧　イラスト／Laruha

あやかしが経営する宿に「嫁入り」
することになった女子大生の細腕奮闘記！

祖父の借金のかたに、かくりよにある妖怪たちの宿「天神屋」へと連れてこられた女子大生・葵。宿の大旦那である鬼への嫁入りを回避するため、彼女は得意の料理の腕前を武器に、働いて借金を返そうとするが……？

【シリーズ既刊】1～8巻